Thomas Ross
Gelbfieber

AF284940

Thomas Ross

Gelbfieber

Roman

Impressum

Bibliografische Information der Deutschen Nationalbibliothek:
Die Deutsche Nationalbibliothek verzeichnet diese Publikation in der Deutschen Nationalbibliografie; detaillierte bibliografische Daten sind im Internet über http://dnb.dnb.de abrufbar.
© 2023 Thomas Ross
Umschlaggestaltung: Literaturtest, Berlin
Herstellung und Verlag: BoD – Books on Demand, Norderstedt
ISBN: 978-3-7578-2278-1

Da bisher keine kausale Therapie zur Verfügung steht,
sollten exponierte Personen aktiv geimpft werden.
Der Impfstoff besteht aus attenuierten Viren und wird
i.m. oder s.c. von einem von der WHO
dafür autorisierten Arzt appliziert.
Bei Immunsupprimierten ist die Impfung kontraindiziert.

Groß, U. (2013). Kurzlehrbuch Medizinische Mikrobiologie und Infektiologie (3. Aufl.). Stuttgart, Thieme: S. 383.

1

Noch dreihundert Meter. Sie haben Witterung aufgenommen, scharlachrote Zungen wirbeln rau über geifernden Lefzen, wahnsinnige Blicke, von höllischer Glut entflammt; jetzt explodieren die Kräfte, der Sturm bricht los, die Hetzjagd ist eröffnet. Da rennt die Beute, sie darf nicht entkommen, aber der Weg ist noch weit; endlich wird die Strecke kürzer, der Geruch von Blut und Sieg liegt in der Luft, stark und unwiderstehlich schön ist der Duft; das Wild aber sprintet in Panik vorwärts, furchtlos tritt es um sein Leben. Noch hält ein kleiner Vorsprung. Hundert Meter jetzt, dann fünfzig, zwanzig. Der Körper zuckt wie unter Strom, es fliegt die Meter dem Ziel entgegen, ein letzter Blick nach hinten, und endlich malt sich ein Lächeln in das schon vor Qualen grüne Gesicht. Es wird reichen!

Die Meute sieht es, stöhnt, Entsetzen erstickt die Gier; Wölfe im Blutrausch, mit hängenden Köpfen, gedemütigt vom entkommenen Wild, das jetzt die Arme in den hellblauen Himmel reckt. Jubel am Wegesrand, der glorreiche Höhepunkt ist erreicht, sie sind mit ihm vereint, dem Ersten, dem großen Sieger. Gewonnen!

Jetzt rollt auch der Zweite ins Ziel ... der Zweite, der erste Verlierer.

Die Jagd ist zu Ende. Aber nur scheinbar, denn schon kommen Jäger einer anderen Art, Jäger einer Spezies, die selbst den Triumphator, den Stärksten der Starken, zur Strecke bringen. Mikrophone, an Stangen befestigt, stürzen sich wie pelzbewehrte Schwerter auf das Haupt des Siegers, vor und zurück, vor und zurück, immer auf den großen, ewigen Satz aus dem weißschäumenden Siegermund bedacht, einem Mund, der kraftlos nach Atem ringt, hustend und keuchend, wie von schwerer Krankheit erstickt. Es ist ein Mund, der zu allem fähig scheint, nur nicht zum Sprechen.

Eine Kaskade von Fragen stürzt auf den Erschöpften ein, ein Rauschen nur für den, der unter dem kläglichen Zittern seiner erschöpften Beine das Fahrrad als Krückstock benutzt. Zwei Männer greifen ihm unter die Arme wie einem gebrechlichen Greis, der nach langer Krankheit das Gehen übt. Langsam kehrt Leben in die halbtote Hülle zurück, und aus heiserem Krächzen schälen sich Silben, dann Laute, die sich zu Wörtern, schließlich zu Sätzen formen, und Sätze, die nichts weniger wollen, als uns, die wir vom Glanz des Sieges geblendet sind, das Unbegreifliche begreiflich zu machen.

Ja, es war hart, sehr hart, und am Ende so verdammt knapp, aber er sei durchgekommen, sagt der Sieger, am Mont Ventoux habe er gute Beine gehabt, sagt er, aber man müsse sehen, wie es morgen gehe.

Damit hat er alles gesagt. Doch die Schwerter klirren weiter: Wie sich das anfühlt, der Moment, wenn die Post abgeht, und was in einem vorgeht, wenn man merkt, dass man Chancen hat? Leere Augen verraten Ratlosigkeit. Der Sieger muss passen, ein Pontifex, der sein Heil in Allgemeinplätzen sucht: Die anderen hätten nicht nachgezogen, und dann habe er es versucht, mit drei anderen, und am Ende habe er eben die meisten Körner in den Beinen gehabt und so weiter und so fort.

Inzwischen ist das Heer der Zweiten von der Bühne verschwunden. Die Fragen sind beantwortet, nun kann endlich auch der Erste gehen. Der Weg des Siegers führt schnurstracks zur Toilette. Wir nehmen an, dass er einem natürlichen Bedürfnis folgt, aber wir irren uns. Die Pflicht ruft, denn es gilt herauszufinden, ob der Sieger von heute auch morgen noch siegen darf. Gleich nebenan pinkelt der Mann in Gelb in einen Becher. Eine kurze Begrüßung, ein verstohlener Blick zur Körpermitte, Kopfnicken und ein bisschen Schulterklopfen, das war's.

Zwei Männer, zwei Plastikbecher. Urin. Der Geruch von Ammoniak. Mit diesem Bild soll sie beginnen, die Geschichte von legendären Schlachten und ruhmreichen Kämpfern, von Matadoren, den Helden der Neuzeit; die Geschichte von Siegern.

2

Ein hoffnungsvolles Talent! Ben Abraham ist Junioren-Weltmeister im Zeitfahren. Der Sächsische Anzeiger wusste es schon lange: „Von ihm dürfen wir viel erwarten. Die großen Rundfahrten rufen, der Vergleich mit den Besten steht an."

War es diese unscheinbare, fast schüchterne Notiz, die einen neuen Stern aus der Wiege hob? Man wollte, man musste es glauben. Der Stern stieg in den Himmel und leuchtete fortan am Firmament der deutschen Sportlandschaft. Hell und klar verbreitete er sein Licht über die Welt, und doch wusste niemand, woher der Stern seine Leuchtkraft nahm. Mehr als die Tatsachen des Aufstiegs, die an sich eine glückliche Mischung aus Talent und Fleiß waren, interessierten die

Begleitumstände. Manche meinten, es müsse am Geburtsjahr gelegen haben (Abraham wurde im Zeichen des Feuerhasen geboren). Als nicht minder einflussreich wurde der Zwillingsmonat Juni angesehen, wegen der Tatkraft, die den Zwillingen eigen ist, sowie der sechzehnte Tag dieses Monats, an dem die universelle Konstellation so günstig war, dass dieser Stern fast zwangsläufig geboren werden musste.

Zweifel? Aber nein! Auch wenn es unwahrscheinlich erscheint, könnte es doch wahr sein. Halten wir fest, dass unser Himmelsbote im Juni 1987 als Sohn eines Elektromeisters, der in zweiter Ehe mit einer Mitarbeiterin der städtischen Wasserwerke verheiratet war, in einem ostdeutschen Industrieviertel geboren wurde, und verschweigen wir nicht, dass er sich mit einer jüngeren Schwester und einem älteren Bruder ein winziges Zimmer in der kleinen Plattenbauwohnung am nördlichen Stadtrand teilte; dass ihm aufgrund der bescheidenen räumlichen Verhältnisse kaum mehr als fünf Quadratmeter Territorium blieben, über die er souverän verfügen konnte. Mit anderen Worten: Die materiellen Voraussetzungen des jungen Hoffnungsträgers waren bescheiden. Man lebte wie viele andere Familien in Deutschland, man lebte durchschnittlich. Durchschnittlich, was die Vergangenheit betraf, durchschnittlich, was die Gegenwart betraf, und durchschnittlich, was die Zukunftsaussichten betraf. 550 Mal Zähneputzen, 2.500 Stunden Schlaf, 220 Arbeitstage, zehn Haarschnitte und durchschnittlich 55 Mal Sex im Jahr – das Einzige, was man mit dieser farblosen Durchschnittlichkeit nicht in einem Atemzug nennen kann, ist die Neigung der Mutter zu einer weit über das übliche Maß hinausgehenden körperlichen Betätigung.

Bens Mutter liebte das Schwimmen. Sie war nicht schnell, aber technisch gut. Meistens tat sie das am Ostseestrand bei Warnemünde, wo man früher eigentlich immer hinfuhr. In wirtschaftlich besseren Zeiten wurde die Ostsee gegen die

Nordsee getauscht, und schließlich setzte sie einen teuren Urlaub an der Adria durch. Und einmal fuhr die Familie sogar nach Spanien, wo die Mutter, die wie ein Marlin durch die warmen Fluten jagte, prompt eine persönliche Bestleistung im 400-Meter-Schwimmen aufstellte.

Von der Mutter zum Sohn. Die Entwicklung zum Weltstar begann an der Ostsee, an einem trüben, wolkenverhangenen Augusttag. Es wehte eine steife ablandige Brise und das Meer schlug hohe Wellen, so dass an vergnügliches Baden nicht zu denken war. Drinnen herrschte Missmut und man blies Trübsal, bis Mutter vorschlug, Fahrräder zu mieten, Wind hin oder her. Die Kinder waren Feuer und Flamme, der damals achtjährige Ben glühte vor Begeisterung, denn was konnte es für einen gesunden und lebenslustigen Jungen Größeres geben, als sich den Unbilden der Natur zu stellen? Der griesgrämige Vater hatte bald ein Einsehen, was blieb ihm anderes übrig, als zu essen und Bier zu trinken, was wegen der frühen Morgenstunde nicht in Frage kam.

Um die Ecke war ein Fahrradverleih. Die Räder waren nicht schlecht, der Verleiher uneigennützig. Der Mann gab die Räder zum halben Preis ab, wohl wissend, dass er mit dieser Familie die einzige Kundschaft des Tages bediente.

Jedenfalls ging die Fahrt los, und es dauerte nicht lange, da hingen sie wie geblähte Segel im Wind, Vater und Mutter voraus, die Kinder hinterher. Letzteren wurde es im Schlepptau der Eltern bald zu langweilig und was lag da näher, als ein Wettrennen zu veranstalten. Ein Sprint sollte es sein, bis zum Leuchtturm, der sich in der Ferne schemenhaft im Nebel abzeichnete. Die arme Schwester fiel bald zurück, aber Ben hielt lange mit, erst auf den letzten Metern musste er dem älteren Bruder den Vortritt lassen. Ob er das wirklich „musste", ist fraglich; Tatsache ist, dass der große Bruder den Leuchtturm als Erster erreichte. Gleich am nächsten Tag fand ein weiterer

Wettkampf statt: Der Sieger im Wettstreit um die Krone des schnellsten Rundfahrers musste ermittelt werden. Fünfzehn Kilometer waren es, die Hälfte davon gegen den Wind, die andere Hälfte mit Seitenwind, was immer auf das Gleiche hinausläuft. So oder so hat man Mühe, die Spur zu halten.

Zur Erklärung des bescheidenen Ergebnisses mag man dem Vater Lustlosigkeit unterstellen, mit etwas Wohlwollen war es kalkulierte Nachsicht mit den Jungs; festzuhalten bleibt, dass der Vater bei Kilometer acht fast vom Rad fiel, sich fünfhundert Meter weiter völlig entkräftet auf eine feucht bemooste Bank setzte und wie ein Ackergaul beleidigt die Nüstern blähend aufs Meer starrte. Thilo und Ben hingegen klebten bis etwa vier Kilometer vor dem Ziel Rad an Rad. Dann ließ der frustrierte Ältere, dem man im Moment der Niederlage leider keine große Geste nachsagen kann, den stolzen Jüngeren ziehen; doch das Erstaunliche war, dass Ben nicht einmal merkte, wie seine Mitstreiter hinter ihm zurückfielen. Seine Beine bewegten sich wie von selbst im Rhythmus eines wohlgepflegten Uhrwerks, sein Atem ging ruhig und tief im Takt der surrenden Zahnräder. Mit leuchtenden Augen flog er auf den Turm zu, der sich rasch aus dem trüben Dunst löste.

Die Unterlegenen genossen bereits ihr Abendessen, als Ben, dem man angesichts der beeindruckenden Ereignisse freie Hand bei der weiteren Tagesplanung gelassen hatte, mit immer noch leuchtenden Augen den Raum betrat.

Nicht selten kommt Bens Mutter noch heute auf diesen Moment zu sprechen. Nie wird sie das Feuer in den Augen ihres Sohnes vergessen, die strahlende Aura des Achtjährigen, der seine Bestimmung gefunden hatte. Ein neuer Stern war geboren.

3

Rennräder waren teuer. Die Eltern kauften ein gebrauchtes Tourenrad. Für den Jungen war es mehr als genug. In den Wochen nach dem denkwürdigen Urlaub fehlte eine Person im Haushalt. Die Mutter spricht vom verlorenen Sohn, mit Wehmut im Blick und Stolz in der Stimme. Sie habe ihn ans Radfahren verloren, sagt sie, und dann kommt die Anekdote, wie eines Tages, die Familie ist schon in den Westen gezogen, das Telefon klingelt und eine aufgeregte Stimme schreit: „Mama, kannst du mich abholen, ich habe einen Platten!" Aber Mama denkt nicht daran, selbst schuld, denkt sie, heute Mittag ist Einkaufen, dann Schwimmen und abends Freilichttheater im Schlosshof.

„Du kommst schon alleine nach Hause", sagt sie, „steig in den Bus."

„Aber ich bin doch in Hinterzarten!"

Der Mutter rutscht der Hörer aus der Hand.

Hinterzarten? Das ist mitten im Schwarzwald, hundertfünfzig Kilometer entfernt.

Sie hält den Jungen für einen Scherz, aber die Sache ist ernst. Sie wird ihren Sohn mit dem Auto abholen müssen, denn für die Zugfahrt reicht das Geld nicht. Schließlich erbarmt sich der Vater, er findet den Jungen, es gibt eine Ohrfeige und eine ordentliche Standpauke. Den Jungen rührt das kaum, denn in seinem Herzen brennt ein Feuer, heiß und unauslöschlich.

In diesen Tagen machen sich Vater und Mutter zum ersten Mal Sorgen um die schulische Entwicklung ihres Sohnes. Der Junge brennt auf der Straße und sonst nirgendwo, sein Feuer brennt im Wind, es brennt auf dem Berg und die Kilometer sind der Zunder. Abseits des Sports ist für Ben abseits des Lebens, so scheint es ihnen, und so fassen sie einen Entschluss. Die Leidenschaft ihres Sohnes muss gebändigt, in die richtigen Bahnen gelenkt werden. Die Eltern als Feuerwehr im Kampf gegen die Ausbreitung eines Flächenbrandes. Gute Noten gegen eine Anmeldung im Radsportverein, so lautete der Pakt, der in diesen Tagen zwischen Eltern und Sohn geschlossen wurde. Er wurde allerdings nicht lange eingehalten, und es ist bis heute nicht geklärt, wann und wie die Vereinbarung gebrochen wurde. Sicher ist, dass eine dritte Partei auf den Plan trat. Und die sollte alles entscheiden.

4

Den ersten Sieg errang der neunjährige Ben in einem Feld von Elf- und Zwölfjährigen über fünfmal drei Kilometer mit dreihundert Höhenmetern nach jeweils tausend Metern. An der letzten Steigung hatte der Junge die Älteren abgehängt, die letzten Kilometer legte er im Stil eines Zeitfahrers zurück. Vater und Mutter standen jubelnd auf der Ziellinie, Skepsis und Unwillen waren verflogen, Streit und Tränen vergessen. Zwei Jugendtrainer wollten vor Freude weinen, als sie den Jungen ins Ziel stürmen sahen. Wer war dieser Kerl mit dem flüssigen, runden Tritt, der offenbar auch sprinten konnte und dazu noch in vorbildlicher Rennfahrerhaltung auf einem zweitklassigen Rad saß? Man fragte nach dem Namen des Kollegen, der den Jungen trainierte, denn das war zweifellos die Arbeit eines Profis. Aber wie der Junge es schaffte, sich mit höchster Konzentration und bedingungsloser Entschlossenheit ins Ziel zu werfen, war ihnen ein Rätsel. So etwas konnte man nicht trainieren. Und so wussten sie, dass sie Zeugen von etwas ganz Besonderem geworden waren: der Manifestation des reinen Willens, eines starken, alles beherrschenden Schopenhauer'schen Willens.

Ganze Dynastien von Trainern wurden von nun an ständige Gäste im Hause Abrahams. Der Tag wurde in ein eisernes Korsett gezwängt, morgens Schule, Hausaufgaben, dann Radfahren, schließlich Krafttraining und Regeneration. Ein konsequenter, behutsamer, durchdachter Aufbau – das war die Devise, an die man glaubte wie an die Heilige Römische Kirche. Ben war ungeduldig, aber folgsam und vor allem fleißig. Er verlor selten, und wenn, dann unter Tränen des Zorns, aber Ben stand wieder auf, biss auf die Zähne, stemmte Gewichte, quälte sich auf Ergometern, nahm Vitamine (man sagte, das sei gut für ihn), schmierte sich mit Salben und Cremes ein, wenn der Hintern weh tat oder ein Zeh wund war, und – siegte weiter. Seine Leistungen waren außergewöhnlich. Sein Ruhepuls war niedrig wie der eines großen Tieres, bald sollte er unter 45 Schläge pro Minute fallen. Die Blutuntersuchungen ergaben konstant hohe Hämoglobin- und Erythrozytenwerte, die alle über den Grenzwerten lagen, was zu Diskussionen unter den Experten und nicht selten zu offenem Misstrauen führte.

Warum er so oft Blut abnehmen müsse, hatte Ben einmal gefragt, als er mit 15 Jahren zum ersten Mal an nationalen Meisterschaften teilnehmen sollte. Routine, alles Routine, lautete die Antwort, und zum Teil stimmte das auch. Das Blut wurde auf verbotene Substanzen untersucht, über die Details ließ man Ben im Unklaren. Monate intensiven Testens und Beobachtens vergingen, bis man zu dem Schluss kam, dass tatsächlich eine genetische Veranlagung für erhöhte Hämoglobinwerte vorlag. Bei der Präsentation von Bens Ergebnissen vor Trainern und Sportfunktionären des nationalen Radsportverbandes sah man viel Kopfschütteln und hörte ungläubiges Raunen. Fragen über Fragen prasselten auf den Referenten ein, aber an der Analyse gab es nichts zu rütteln. Ben war ein Jahrhunderttalent, ein sportliches Juwel, Offenbarung und Verpflichtung für jeden Radsportfan. Innerhalb kürzester Zeit waren alle berauscht von der zukünftigen Größe des Jungstars und freudetrunken bis zur Rührseligkeit. Der 25. November 2003 war ein Tag für die Geschichtsbücher. Doch Ben wusste davon noch nichts.

5

Drei Jahre später gewann Ben mit 19 Jahren die Straßenweltmeisterschaft und den Gesamtweltcup der Amateure. Er bekam seinen ersten Profivertrag. Es folgten ein zweiter Platz bei der Deutschen Meisterschaft im Zeitfahren und weitere Auftritte auf internationalem Parkett. Seine Leistungsdaten prädestinierten ihn für längere Rundfahrten, aber auch für Eintagesrennen, bei denen er mit guten Sprintern mithalten konnte. Bei der Zeitfahr-Weltmeisterschaft belegte er hinter Juan Antonio Gonzales und Guido Bellini, die zu den stärksten Zeitfahrern der Welt zählten, den dritten Platz und machte damit weit über die Grenzen Deutschlands hinaus auf sich aufmerksam.

Bei seinem Debüt bei der Tour de France 2007 wurde er auf Anhieb bester Jungprofi. Insgesamt wurde er Zehnter mit 13 Minuten Rückstand auf den Gesamtsieger und sechs Minuten auf seinen Teamkollegen Lasse Mickelgren, der Vierter wurde und in Bens Team die Nummer eins war. Es kam die Zeit der großen Fernsehauftritte, Ben war in den Augen der Öffentlichkeit endgültig zum Hoffnungsträger für Siege bei großen Rundfahrten aufgestiegen. Ob die plötzliche Popularität seine

Einstellung zum Sport veränderte, ob sie sein Leben abseits der Berge und steilen Abfahrten beeinflusste? Schwer zu sagen, denn Ben war kein Mann des Rampenlichts. Nachdem die ersten euphorischen Hymnen verklungen waren, gab er sich stets schüchtern und wortkarg. Man merkte ihm an, dass er sich in seiner Haut nicht wohl fühlte. Die vielen Fragen beantwortete er ebenso brav wie inhaltsleer, was kann man von einem Zwanzigjährigen auch anderes erwarten? Was soll man auch sagen, wenn man zum x-ten Mal wissen will, warum es heute, nach vier Stunden Tortur im Wind, auf den letzten Kilometern nicht „gereicht" hat? Na ja, der Akku war eben leer, die anderen hatten am Ende einfach mehr drauf. Wie immer folgte die Frage nach der Teamtaktik.

Auch hier fiel Ben nichts Aufregendes ein. Er hat einfach gemacht, was ihm gesagt wurde. Er fuhr nach Plan, aber er machte nicht den Plan, das war nicht seine Aufgabe. Er musste auf die Beine von Lasse Mickelgren aufpassen und die Sprints für Arne Paulsen anziehen. Und das tat er so gut wie kein anderer.

6

2008 gewann Ben zwei Etappen bei der Tour de France, darunter ein langes Zeitfahren. In der Gesamtwertung wurde er Zweiter hinter Mickelgren. Das beste Ergebnis eines Deutschen in der Geschichte der Tour. Eine Sensation, der Jubel war grenzenlos. Es war perfekt, oder sagen wir fast perfekt: Ein letztes Wölkchen trübte den Himmel über der deutschen Sportseele: der Gesamtsieg. Der hatte noch gefehlt.

An den Stammtischen und in den Kreisen der Sportjournalisten erregten die Fähigkeiten unseres Jungen, der quasi über Nacht zum Ziehsohn eines ganzen Landes geworden war, die Gemüter. Was für ein Teufelskerl er doch war: Seinen Chef über die höchsten Berge ziehen und trotzdem das schwere Zeitfahren gewinnen. Am Ende waren es nur hundert Sekunden Rückstand auf Mickelgren. Ein Windhauch war das, noch Wochen nach dem Ereignis wehte er süß durch die deutschen Gassen, er wehte selbst dann noch, als der Tour-Dritte, ein Italiener aus den Abruzzen, wegen Dopingverdachts aus der Vuelta genommen wurde. Überhöhte Testosteronwerte waren festgestellt worden, eine zweijährige Wettkampfsperre drohte. Auf diesen Vorfall angesprochen, antwortete Ben, dass er mit Doping nichts zu tun habe, dass er Sportbetrug schäbig und unfair finde und sprach damit allen aus der Seele. Für die Öffentlichkeit war die Sache damit erledigt.

Doch es kam ganz anders. Ein Rückblick.

7

Korrekt durchgeführtes Blutdoping führt zu einer Leistungssteigerung von mindestens fünf Prozent. Auf einer Strecke von 3.500 Kilometern (das entspricht etwa der Länge der Tour de France) gewinnt ein gedopter Fahrer gegenüber einem ungedopten einen Vorsprung von 175 Kilometern, also fast eine Etappenlänge. Bei einer Durchschnittsgeschwindigkeit von 39 km/h ergibt das über alle Etappen gerechnet einen Vorteil von knapp viereinhalb Stunden. Und das ist sehr konservativ geschätzt.

Als Ben zum ersten Mal aufgefordert wurde, leistungssteigernde Mittel einzunehmen, kannte er die Details nicht. Er brauchte sie auch nicht zu wissen, denn das Gefühl, das die Unausweichlichkeit der Niederlage gegen die Doper in ihm auslöste, wirkte jenseits der Fakten. Ben spürte, dass sein Verzicht auf leistungssteigernde Mittel zu einer Kette von Niederlagen führen würde; er hatte es am eigenen Leib erfahren. Er, der einst so viele Rennen mit fliegenden Fahnen gewonnen hatte, er, der Mann mit dem phänomenalen Antritt am Berg, er, dessen Leistungsdaten Ärzten und Trainern Freudentränen in die Augen getrieben hatten, der immer dieses eine Prozent mehr hatte als alle anderen, ja, er spürte nun mit jeder Faser seines durchtrainierten Körpers, dass das Siegen nur kalte Arithmetik war. Dem einen Prozent natürlicher Überlegenheit seines gesegneten Körpers standen fünf, zehn, fünfzehn Prozent biochemischer Möglichkeiten gegenüber. Fünf minus eins, eins minus fünf, wie man es auch dreht und wendet, es bleiben vier, und die sind immer negativ. Genauso gut hätte Ben mit gebrochenen Füßen antreten können, oder ohne Königin, um gegen einen Schachgroßmeister zu gewinnen. Fünf minus eins, eins minus fünf war das Kräfteverhältnis der nordamerikanischen Indianer, die mit Pfeil und Bogen und Streitaxt bewaffnet im Kugelhagel der weißen Armeen verbluteten. Fünf minus eins, eins minus fünf, so riefen die Trommeln der afrikanischen Stämme in den Krieg gegen die europäischen Usurpatoren, fünf minus eins, das ewige Verhältnis von Sieger und Besiegtem und gnadenlose Wahrheit, der sich auch Ben beugen musste, an jenem denkwürdigen dritten Juni, auf diesem gottverdammten Aufstieg zum Nufenenpass in den Schweizer Alpen. Dort ging er durch sein Inferno, dort ging er durch sein Leiden, sein Körper und er allein gegen den Berg, diesen verfluchten Berg. Und im Augenblick der größten Entäußerung fällte das grausame Schicksal sein Urteil. Es wurde befohlen, das Fallbeil über dem Nacken des Helden zu lösen.

Er spürte das scharfe Eisen in seinem Nacken, als die Dreiergruppe ihn einholte. Sein Bewusstsein blitzte ein letztes Mal auf, Ben sah ein helles Licht, dann löste sich sein Kopf vom Rumpf und sein Leben erlosch in einem schwarzen Punkt. Siegfried spürte den blanken Stahl in seiner Schulter, und von nun an würde er ihn wieder und wieder spüren, an allen Gliedern seines Körpers, und immer wieder würde er ihn sterben müssen, diesen schrecklich einsamen Tod ohne Hoffnung und ohne Liebe, einen Tod ohne Verheißung auf ein neues Leben im Olymp der Radfahrer. An diesem Tag kam Ben mit drei Minuten und 35 Sekunden Rückstand als Achter ins Ziel. Drei Minuten und 35 Sekunden sind eine Welt für jemanden, der auf der Erde steht und zu den Sternen will. Drei Minuten und 35 Sekunden, das ist der Unterschied zwischen Wachen und Träumen, Hoffen und Wissen, Leben und Sterben. In diesen bitteren Stunden der Niederlage begriff er, dass etwas Unvermeidliches, etwas Endgültiges geschehen war, aus seinen Tränen schimmerte etwas, das den hässlichen, groben Geschmack des Unabänderlichen in sich trug; die Erkenntnis der Sterblichkeit brannte wie Feuer in seinem Herzen, und der Schmerz dieser elenden Niederlage riss seine Seele entzwei.

Er schleppte sich durch zwei düstere Wochen, aber dann fühlte er eine Bewegung in sich, etwas Lebendiges, Hoffnungsvolles stieg aus seinem Herzen auf. Es war eine Regung des Widerstandes und des Mutes eines Geschlagenen, der sich nicht ergeben will, weil er zum Kämpfen geboren ist und lieber auf dem Schlachtfeld fällt, als sich dem Kummer und der selbstmitleidigen Trostlosigkeit eines altersschwachen Todes im heimischen Bett hinzugeben. Ben lehnte sich gegen das scheinbar unabwendbare Schicksal auf. Niemals, niemals würde er aufgeben, nein, er würde kämpfen, härter trainieren als je zuvor, noch mehr aus seinem Körper herausholen, koste es, was es wolle, und – der Gedanke kam ihm fast beiläufig –

vielleicht wäre es gut, einmal mit den Ärzten zu sprechen. Ja, das wäre sicher gut, mal sehen, was die dazu sagen.

8

Ben hatte das Rennen aufgegeben. Wegen einer Erkältung, so die offizielle Erklärung. In Wirklichkeit hatte Ben den Tag abseits der Rennstrecke verbracht und von Ruhm und Ehre geträumt. Wo er sich den ganzen Tag herumgetrieben hatte, wollte er nicht sagen, was ihm harsche Kritik des Teamchefs und den Vorwurf der Disziplinlosigkeit einbrachte, aber keine weiteren Konsequenzen, wohl wegen seiner Ausnahmestellung im Team. Zum Abendessen kam er wieder, aber niemand wollte mit ihm reden – was hätte man auch sagen sollen? Nach dem Essen bat der Teamleiter um ein Gespräch. Auch der leitende Teamarzt und seine beiden Stellvertreter waren anwesend. Ben setzte sich auf den freien Stuhl vor dem Schreibtisch im Besprechungsraum. Gegenüber nahmen die vier Männer Platz. Es war ein Tribunal, so viel war klar. Versteinerte Mienen im Wettstreit, wer die ernsteste Miene, die schärfste Zermürbung, die tiefste Verbitterung aufsetzen konnte. Ben saß mit hängenden Schultern da und schien das alles kaum wahrzunehmen. Wenn er überhaupt etwas erwartete, dann höchstens eine schärfere Wiederholung der Vorwürfe, die er schon kannte. Er hatte sich aus dem Rennen gestohlen, ohne sich abzumelden. Das macht man nicht, das verstößt gegen den Ehrenkodex der Fahrer, das vergiftet den Teamgeist usw. usf. Damit würden sie ihm kommen, und da Ben das Unrecht einsah, langweilte er sich schon in Erwartung der nächsten Zurechtweisung. Und mit der Langeweile erloschen auch die lebensfrohen Gedanken, die ihn gestern aus höchster Not vom Unerträglichen ins Lebenswerte zurückgeführt hatten, und die hoffnungsvollen Vorsätze, die er noch in derselben Nacht gefasst hatte. Alles war wieder beim Alten, und der Gedanke, dieses verhängnisvolle Rennen wieder aufzunehmen, war ihm zuwider.

„Ben, wir haben etwas für dich."

Der Angesprochene hob den Kopf und sah seinen Teamchef mit verlorenen Augen an. „Bin ich jetzt gefeuert?"

„Nein", lächelte der milde und fügte mit väterlicher Fürsorge hinzu: „Ben, mein Junge, wir haben uns schon lange gefragt, wie das möglich war ..."

„Wie was möglich war", dachte Ben und bekam prompt die Antwort: „... dass du so verdammt lange mithalten konntest. Und noch erstaunlicher ist, dass du sogar Rennen gewinnen konntest ..."

Ben öffnete den Mund, doch der Teamleiter kam ihm zuvor: „Nein, sag jetzt nichts. Hör einfach nur zu. Du hast verdammt lange durchgehalten. Du hast sogar gegen Leute gewonnen, gegen die du nicht hättest gewinnen können! Du bist verdammt begabt, mein Junge, aber gestern hast du verloren, weil du an eine Grenze gestoßen bist, die selbst dein begnadeter Körper nicht überschreiten kann ... wenn, ja wenn man ihn dabei nicht richtig unterstützt ...".

In diesem Moment wurde Ben klar, worauf sein Trainer hinauswollte. Von Rauswurf konnte keine Rede sein, auch nicht von Disziplinarmaßnahmen. Es würde keine Litanei über Disziplin, Ehre und Teamgeist geben, nein, diese Männer waren gekommen, um ihm zu helfen, und Ben verspürte ein warmes Gefühl der Zugehörigkeit und tiefe Dankbarkeit.

Seine Augen funkelten erwartungsvoll.

„Verstehst du?", fragte Waitz. „Natürlich verstehst du. Die Typen, die dich gestern haben stehen lassen, die fahren nicht auf Nudeln und Brot und Leitungswasser, und die zwanzig hinter dir auch nicht. Die helfen alle mit, und weil sie das tun, haben sie viel mehr, als sie eigentlich können, und du, mein Junge, kommst dagegen nicht an."

Der Trainer warf dem Oberarzt Dr. Liebermann einen vielsagenden Blick zu. Dieser nickte. „Was wir dir anbieten, Ben, sind die Prozente mehr, die die anderen auch haben – so stellen wir den natürlichen Abstand wieder her. Ich bin mir sicher, dass du unter optimalen Bedingungen diesen Berg vier Minuten schneller erklimmen kannst als gestern. Mit vierzig Watt mehr in den Beinen wirst du sie alle in den Sack stecken, das garantiere ich dir. Tu, was wir dir sagen, und du wirst sehen, was aus dir wird. In drei Jahren fährst du die Tour, und wenn du dabei bleibst, wirst du sie eines Tages gewinnen!"

9

Und so geschah es. Am 24. Juli 2009 fuhr Ben in Gelb nach Paris. Der erste deutsche Toursieger! Es war ein rauschendes Fest, viel schöner, als Ben es sich vorgestellt hatte. Tausende jubelten auf den Champs-Élysées, sie waren gekommen, um ihn zu sehen, den neuen König des Radsports, und vor ihm, dem Sohn des kleinen Handwerkers und der Hausfrau aus Ostdeutschland, neigten sie die Köpfe und beugten die Knie. Das Fahrrad war sein Streitross, der Helm sein Lorbeerkranz. Heil dem Cäsar, Heil dem Weltherrscher, Heil der süßen Wonne dieses unvergleichlichen Augenblicks. Welch ein Labsal nach den Wochen des Leids und der Entbehrungen!

Ben hatte drei Etappen gewonnen: das Zeitfahren, eine Pyrenäenetappe und die Königsetappe nach Alpe d'Huez.

Seinen ärgsten Widersachern hatte er Paroli geboten, Zeitverluste immer in Grenzen gehalten. Neun Minuten Vorsprung waren es am Ende, es war eine Welt, in der er nun König war, und die Sportzeitungen in aller Welt huldigten dem neuen König, dem großen gelben König.

In der Folge war Ben in unzähligen Fernsehshows und Nachrichtensendungen zu sehen. Seine Popularität war auf dem Höhepunkt, und im Zuge dieses Erfolges erlebte Deutschland einen Radsportboom nie gekannten Ausmaßes.

Im ganzen Land schossen Radsportvereine und -zirkel aus dem Boden, Fahrradhändler verdienten sich goldene Nasen. Ben war ein Popstar. Jeder Junge wollte so sein wie Ben Abraham, jedes Mädchen wollte ihn heiraten, selbst die Krankenhäuser hatten Hochkonjunktur: Die Zahl der Fahrradunfälle verdreifachte sich.

Das Management von Team Germatel organisierte sich neu. Eine Reihe finanzstarker Investoren, darunter zwei im Dax notierte Großkonzerne, stiegen ein. Die Zugkraft der Marke Abraham war unwiderstehlich geworden. Das Team ging auf Einkaufstour, man konnte es sich leisten. Neue starke Fahrer kamen, und alle bedienten die Bedürfnisse des neuen Königs. Welche Bedürfnisse? Schwer zu sagen, denn Ben hatte kaum Schwächen, allenfalls leichte Leistungsschwankungen am Berg. Also verpflichtete man zwei starke Bergfahrer, die ihren Chef die Berge hochziehen sollten, und zwei weitere, die Ausreißer kontrollieren sollten. Die Stimmung im Team war gut, jeder kannte seinen Platz und seine Aufgabe.

Auch unterhalb der Managementebene gab es Veränderungen. Die Zusammenarbeit mit drei Ärzten wurde intensiviert und die bisher eher seltenen Kontakte zu ausländischen Ärzten und Sportfunktionären ausgebaut. Der Teamchef unterhielt Kontakte zu den Hauptakteuren in den höchsten Radsportgremien, die übrigens jeder hatte, der nach oben wollte.

Ben fuhr einmal pro Woche nach Heidelberg, um Leistungsdaten zu ermitteln, wie es offiziell hieß. Weitere Tests fanden alle sechs Wochen in Rom und Sevilla statt. Bens Teamkollegen machten es ähnlich, nur ab und zu konnte man es sich leisten, die Dienstreisen in den sonnigen Süden mit einem Urlaub zu verbinden, zumal die Teamleitung längere Aufenthalte der Fahrer in unkontrolliertem Gelände missbilligte. Man sah es nicht gern, wenn die Fahrer aus dem Blickfeld gerieten. Junge Männer neigen bekanntlich zu Übertreibungen, wenn man sie von der Leine lässt. Also bestand man auf ständiger Erreichbarkeit, kontaktlose Zeiten von mehr als 24 Stunden bedurften besonderer Absprachen, waren also nur in Ausnahmefällen erlaubt und führten, ohne rechtzeitige Rückmeldung an den Teamchef, zu erheblichen Disziplinarmaßnahmen, zu denen auch empfindliche Geldstrafen gehörten. Mehr als das Geld schmerzte die Fahrer übrigens die Ächtung im Team. Wollte man ein Exempel statuieren, so tat man dies wirkungsvoll.

Nach seiner ersten schweren Niederlage am Nufenenpass vor einigen Jahren erhielt Ben ein Rezept für ein Asthmamittel. Damals wusste Ben noch nicht einmal, wie man „Asthma" schreibt, geschweige denn, dass er Symptome davon hatte.

Asthma ist aber bekanntlich eine der häufigsten Grunderkrankungen bei Leistungssportlern und tritt besonders häufig bei Ausdauersportlern auf. Der Anteil der therapiebedürftigen Asthmatiker, die eine Ausnahmegenehmigung für die Einnahme von gefäßerweiternden Medikamenten erhalten, liegt bei Tour-Fahrern bei fünfzig Prozent.

Schon bei geringer Anstrengung verengen sich die Bronchien, die Lunge rasselt. Im Extremfall bringt das Atmungssystem nur noch die Hälfte der normalen Leistung. Mehr als ein paar Meter im Laufschritt sind nicht drin, jedenfalls nicht für den Normalkranken. Aber Gott sei Dank stirbt im Radsport die Hoffnung zuletzt. Zu welchen Leistungen Asthmatiker fähig sind, können wir Jahr für Jahr miterleben, wenn wir am Straßenrand stehen und vor dem Fernseher kleben, wenn wir jubeln, staunen und bewundern, denn was sich da vor unseren Augen abspielt, ist wirklich ein Wunder.

Ben war also Asthmatiker. Er bekam Medikamente. Wie er seine Leistungsfähigkeit wiedererlangte, war unwichtig. Entscheidend war, dass sie wiederhergestellt wurde. Und zu sehen, wie das geschah, war die reine Freude. Bens Grundstimmung (nicht selten aus der Melancholie schöpfend) besserte sich zusehends, Entzündungsherde aller Art wurden eingedämmt, dazu kam eine kräftigere Kontraktion des Herzens, mehr Erythrozyten und Glukose im Blut. All das war spürbar, und weil es so schön war, vertraute Ben den Ärzten blind. Das taten alle Fahrer. Wer nicht mitspielte, war bald nicht mehr dabei, aber die in ihrem süßen Geheimnis verschworene Gesellschaft merkte es kaum. Wenn ein Kollege nicht mitspielte, musste er gehen, das war nur recht und billig. Nebenwirkungen nahm man in Kauf wie den Kater nach einer durchzechten Nacht. Es ging ja vorbei, der Grund für das gelegentliche Unwohlsein war bekannt und man befand sich in guter Gesellschaft. Außerdem war das nichts im Vergleich zu den Qualen, die die Fahrer auf den schweren Bergetappen erlitten. Das waren Schmerzen! Das war die Hölle! Dass die Leidenden so viel aushielten, machte den Ärzten das Leben leichter. Sie konzentrierten sich weiterhin darauf, die Wirkung der Medikamente zu maximieren, und sie taten dies nach bestem Wissen und Gewissen. Die Strukturen des seit vielen Jahren etablierten internationalen Großkonzerns, der sich einzig und allein dem Ziel der Leistungsoptimierung verschrieben hatte, funktionierten reibungslos wie eine gut geölte Maschine. Alle Rädchen surrten an ihrem Platz, nur in seltenen Fällen hakte und klemmte es, hier und da verlor das Getriebe etwas an Geschmeidigkeit, aber das tat dem Gesamtsystem keinen Abbruch. Ben und seine Kollegen waren Teil dieses Systems. Sie waren die Blüten, das strahlende Ergebnis unzähliger Prozesse innerhalb des riesigen Baumes, der Wasser saugt und Rinde ansetzt, Knospen bildet, Blätter entfaltet und Photosynthese betreibt, um dann seine Samen in die Welt zu werfen. Aber Blüten sind nicht für die Ewigkeit gemacht. Sie kommen und gehen, haben ein Verfallsdatum, nur der Baum als Ganzes bleibt. Er ist immer da.

10

Im Juli 2010 gewann Ben zum zweiten Mal die Tour de France. Zwei Monate später gewann er die Vuelta de España. Es war ein Jahr der Superlative. Es gibt kein Wort, das nicht im Zusammenhang mit Bens Erfolgen verwendet wurde. Wie im Vorjahr wurde er zum Sportler des Jahres gewählt und erhielt alle wichtigen Sportpreise, die das Land zu vergeben hat. In der High Society ging er ein und aus, Politiker aller Couleur und Ränge scharten sich um den Star, zumal Ben in der Zwischenzeit an seiner Medienpräsenz gearbeitet und sein öffentliches Auftreten deutlich verbessert hatte. Wirklich unterhaltsam war er zwar immer noch nicht, aber das war auch nicht nötig. Ein Juwel braucht keine Beredsamkeit, so wie eine schöne Frau am Arm eines reichen Mannes ihre größte Wirkung durch vornehmes Schweigen entfaltet. Mit Fernseh- und Werbeauftritten verdiente Ben in kürzester Zeit Millionen, die aus Steuergründen ins Ausland flossen. Das Volk nahm es ihm nicht übel, die meisten hätten an seiner Stelle das Gleiche getan, und für seine Sportfreunde war er eine Herzensfreude, die mit Steuergeldern nicht aufzuwiegen war. Ben war auf dem Zenit seiner Popularität, er fühlte sich prächtig und konnte sich nicht vorstellen, dass die Welle des Erfolges einmal abebben und kalte Brandung ihn auf trockenes Land spülen würde, dass der wunderbare Zauber seiner glitzernden Parallelwelt am mächtigen Busen der Stars und Sternchen eines Tages verblassen und im Dunkel der profanen Erde verschwinden würde.

11

Im folgenden Jahr ging Ben als haushoher Favorit an den Start. Die Vorbereitungsphase sei „ordentlich" verlaufen, hieß es in Insiderkreisen. Er hatte den Winter mit zwei leichten Erkältungen und ein paar Tagen Trainingspause überstanden und im Juni die Tour de Suisse gewonnen. Es gab eine Reihe ernsthafter Konkurrenten, allen voran ein Spanier und ein Italiener, aber beide galten als schwächere Zeitfahrer. Ben würde in den Bergen die eine oder andere Sekunde verlieren, aber in der Endabrechnung vorne bleiben. Die Zeichen standen also wieder auf Sieg, zumal auch seine Teamkollegen auf hohem Niveau fuhren und aushelfen würden, wenn es eng werden sollte.

Die Tour begann und Ben gewann das erste Zeitfahren, aber nur knapp vor Johnny Mulligan, einem Iren in Diensten des amerikanischen Teams ArgusOne. Mulligan war kein Unbekannter, aber niemand hatte ihn so stark auf der Rechnung, zumal er mit seiner schmächtigen Statur und seinem relativ geringen Gewicht nicht der geborene Zeitfahrer war. Mulligan war ein Mann, den man im Auge behalten musste, aber kein Grund zur Sorge.

In den Pyrenäen wurden die ersten Ausrufezeichen gesetzt. Am letzten Anstieg zum Col du Tourmalet hatte sich eine Gruppe von zehn Fahrern gebildet, die sechs Kilometer vor dem Ziel ein Ausscheidungsrennen begannen. Ben fuhr am Hinterrad von Juan Pedro Gonzales und Francesco Pellegrini, seinen größten Konkurrenten um den Gesamtsieg. Es folgten Benito Carlos, ein starker Fahrer vom Team Albistar, und Johnny Mulligan. An einer zwölf Prozent steilen Rampe vier Kilometer vor dem Ziel setzte sich Gonzales ab, Pellegrini zog davon und Ben fuhr mit Carlos und Mulligan im Schlepptau hinterher. Gonzales war bald eingeholt, aber jetzt kam Mulligan, und er tat es, als hätte er eine Rakete gezündet. Er nahm die Rechtskurve extrem eng und machte so einige Meter gut, allerdings auf Kosten einer noch größeren Steigung, die ihm aber nichts auszumachen schien. Er drehte die schweren Gänge wie eine Wassermühle und manchmal schien es, als würde er abheben, es war einfach unglaublich. Ben konnte einige Meter zwischen sich und die Verfolger bringen, aber an Mulligan kam er nicht heran.

Waitz brüllte minutenlang ins Mikrophon, aber ohne Erfolg. Ben hörte nichts mehr. Reize unterhalb der Schmerzschwelle kann nicht wahrnehmen, wer sich auf der anderen Seite befindet, dort, wo die Höllenfeuer lodern.

Als Ben das Ziel erreichte, gab Mulligan bereits sein erstes Interview.

Ben verschwand so schnell er konnte im Mannschaftswagen. Ihm war nicht nach Reden zumute, er wäre sowieso nur nach Mulligans Leistung gefragt worden. Bei der obligatorischen Urinabgabe traf er noch einmal auf seinen Bezwinger. Für einen kurzen Moment trafen sich ihre Blicke.

In der folgenden Nacht blieb Ben lange wach. Das freche Grinsen des Iren ließ ihn nicht zur Ruhe kommen. Es war ihm ein Rätsel, warum er, Ben Abraham, der Stärkste von allen, das Grinsen dieses Iren nicht aus dem Kopf bekam.

12

Mulligan gewann die Königsetappe in den Alpen mit zweieinhalb Minuten Vorsprung und wurde Zweiter hinter Pellegrini auf einer weiteren Bergetappe der Ehrenkategorie. Ben fuhr mit, was im Klartext bedeutete, er fuhr hinterher. Am Ruhetag vor der letzten Alpenetappe hatte das Team noch etwas ausprobiert. Ben war nach dem Frühstück mit seinem Masseur nach Grenoble aufgebrochen. Die Fahrt verlief problemlos, und da es für diesen Morgen keine Vorwarnung gab (Dopingkontrollen finden während der Tour unangekündigt statt, aber die Teams haben Leute, die dafür sorgen, dass es keine bösen Überraschungen gibt), wähnte man sich in Sicherheit. Das Zimmer war auf das Ehepaar Moritz und Claudia Beller aus Köln gebucht, die aber nicht erschienen, weil sie gar nicht existierten. Ben wurde bereits erwartet. Er bekam den Schlüssel für Zimmer 13, schloss das Fenster, zog die Vorhänge zu und schaltete den Fernseher ein. Er fand den einzigen deutschen Sender, der nicht gerade von seiner bescheidenen Leistung gestern und der göttlichen Leistung dieses Iren berichtete. Er war miserabel gelaunt.

13

Ben erhielt 1.500 ml mit Epo angereichertes Eigenblut. Es war ihm vor der Tour in Heidelberg abgenommen, aufbereitet und eingelagert worden. Wie es nach Frankreich gekommen war und wo es aufbewahrt wurde, entzog sich Bens Kenntnis. Es war ihm auch egal. Das Blut war da, die vertrauten Gesichter aus Heidelberg auch, also war alles in Ordnung. Eine halbe Stunde Ruhe, dann würde er die Heimreise antreten. Bens Stimmung besserte sich zusehends und auf der Rückfahrt war er schon wieder ganz der Alte. Den Rest des Tages würde er mit seinen Mannschaftskameraden verbringen – leichtes Training, dann am Pool in der Sonne liegen und entspannen, ein bisschen Fernsehen zum Ausklang des Tages – so ließ es sich aushalten. In der folgenden Nacht schlief Ben hervorragend. Er spürte, dass er am nächsten Tag gute Beine haben würde.

14

Heute standen die letzten Berge vor dem langen abschließenden Zeitfahren an. Die Mannschaftsbesprechung war kürzer als sonst.

Waitz befahl Angriff und bedingungslosen Einsatz. Ben lag dreieinhalb Minuten hinter Mulligan und vierzig Sekunden hinter Pellegrini. Der Etappensieg musste her und das Minimalziel des Teams war es, eine Lücke zwischen Ben und Mulligan zu reißen. Pellegrini konnte man als schlechteren Zeitfahrer notfalls ziehen lassen, Mulligan nicht. Während Waitz den Plan vortrug, studierte der Teamarzt eine Liste mit den aktuellen Leistungsdaten seiner Fahrer. Sein Blick verriet tiefe Besorgnis. Würde es reichen, diesen Mulligan in Schach zu halten?

Drei Stunden später stand fest. Mulligan rollte zeitgleich mit einem eingeholten Ausreißer als Zweiter über die Ziellinie, weit vor Ben, der Vierter wurde. Ein kurzes Händeschütteln, eine Übereinkunft nach hartem Kampf, dann das schmerzlose Gefühl der hoffnungslosen Leere. Enttäuschung, Bitterkeit und Neid – noch waren es ferne, kaum greifbare Gefühle, verborgen im Dämmerschlaf auf der Massagebank, aber sie würden sich zeigen, wenn die Lebensgeister zurückkehrten und die Fahrer, die die Ereignisse des Tages rekapitulierten, endlich begriffen, was geschehen war.

Ben verstand es nicht. Um ein Uhr morgens stand er auf, klingelte den Teamchef aus dem Bett und verlangte ein Gespräch. Waitz wies ihn ab. Daraufhin stellte Ben seinen Fuß in die Tür und drückte sie gewaltsam auf. Waitz schlug Ben mit der Hand auf die Brust. Wütend packte er seinen Teamleiter am Arm.

„Verdammt, für wen hältst du dich?", schrie Ben. „Die verdammte Transfusion war völlig umsonst, der Bastard hätte noch schneller fahren können."

Waitz zog Ben ins Zimmer.

„Bist du verrückt geworden? Kommst hier rein und setzt mir die Pistole auf die Brust, du dummer Junge? Ein Wort von mir und du siehst kein Land mehr, du landest in der Gosse und kannst für den Rest deines Lebens Tüten kleben in dem Drecksloch, aus dem du kommst!"

Ben starrte die Wand an.

„Sieh mir in die Augen, wenn ich mit dir rede, du Feigling! Du willst ein großer Champion sein, was? Sieh dich an, du bist ein Rüpel! Glaubst du, wir wissen nicht, was die Stunde geschlagen hat? Mulligan hat was Neues, die Amis haben was

Neues, das ist so sicher wie das Amen in der Kirche. Niemand fährt den Tourmalet mit 460 Watt hoch, niemand, nicht mit herkömmlichen Mitteln."

Ben setzte sich aufs Bett und kratzte sich am Hals.

„Ja, kratz dich nur, mein Kleiner, du hast richtig gehört. 460 Watt, 40 Minuten lang hat er getreten. Bei dir waren es 440, und du bist optimal eingestellt. Mulligan hat was Neues, sag ich, und damit basta. Was das für uns bedeutet ... mal sehen. Aber die Tour ist verloren."

In Bens Augen standen Tränen der Wut und der Enttäuschung.

„Ja, heul du nur", spottete der Teamchef, „und finde dich damit ab, die Tour ist weg!" Nachdenklich fügte er hinzu: „Aber nächstes Jahr, darauf kannst du dich verlassen, da sehen wir uns alle wieder.

Waitz zog die Jalousien zurück und öffnete das Fenster. Die Nacht war mild, hell und sternenklar. Waitz blickte in den Himmel, sein Blick fixierte die Sterne, seine Lippen zuckten leise, als halte er Zwiesprache mit den Göttern. „Nächstes Jahr", sagte er laut, „packen wir ihn beim Schlafittchen, den sauberen Herrn Mulligan! Du trainierst gut, und wir holen uns, was er hat, und dann fegst du ihn von der Platte, den sauberen Herrn Mulligan. Den fegst du von der Platte, so wahr ich Eduardo heiße!"

15

Das abschließende Zeitfahren ging an Ben, aber Mulligan gewann die Tour mit zweieinhalb Minuten Vorsprung. In diesem Jahr verzichtete Ben auf die Teilnahme an der Vuelta. Es gab die Zeitfahr-Weltmeisterschaft, und für Ben stand der Ruf des besten Zeitfahrers auf dem Spiel. Also trainierte er speziell für diese Disziplin, ging in den Windkanal, passte seine Sitzposition an den Anstiegen an und legte großen Wert auf den Zustand seiner Zeitfahrmaschine. Fahrer und Teamleitung interessierten sich derweil brennend für die Hintergründe von Mulligans enormer Leistung während der Tour. Noch vor zwei, drei Jahren hatte ihn kaum jemand auf der Rechnung. Mulligan war kein Jungstar wie Ben, der früh Erfolge feierte und diese dann kontinuierlich ausbaute. Vergleicht man die Leistungsentwicklung der beiden, erkennt man bei Ben einen prototypischen logarithmischen Verlauf, bei Mulligan dagegen deutliche Schwankungen und einen späten Leistungssprung. Nächtelang studierte die Teamleitung die Daten, denn es war klar, dass man über Mulligan einfach zu wenig wusste. Wie in Gottes Namen hatte er das gemacht? Alle Dopingtests waren negativ, es gab keinen einzigen Verdachtsmoment. Mulligan hatte keine Fehler gemacht, diese Amerikaner waren gerissen. Aber niemand wollte glauben, dass neben den üblichen Mitteln keine neuen Substanzen verwendet worden waren. Glukokortikoide, Testosteron, Epo, Wachstumshormone, alles war bekannt, und die amerikanischen Labors waren nicht besser als die europäischen. Man hatte alle verfügbaren Fotos und Filmaufnahmen von Mulligan gesichtet, datiert und gründlich analysiert, aber keinen Hinweis auf Manipulation gefunden. Mulligan war durchtrainiert, aber das waren viele andere auch. Fett- und Wassereinlagerungen, Hautpigmentierung, Form und Größe der Brustwarzen, Augenfarbe, Entwicklung des Knochengerüsts, kurz: alle Merkmale, die auf Testosteron- oder Glukokortikoidmissbrauch hindeuten, waren unauffällig.

Es blieb die Möglichkeit, dass die Amerikaner ein neues, effizienteres Applikationsschema entwickelt hatten, das optimal auf die individuellen Bedürfnisse der Fahrer abgestimmt war. Es hieß, die Amerikaner hätten ein extremes Trainingspensum; wenn es ihnen gelungen sei, die Medikamentenwirkung durch Anpassung der zeitlichen Parameter zu optimieren, könnte sich dies positiv auf die Belastbarkeit durch Trainingsreize auswirken. Aber das war noch Spekulation, zu wenig greifbar für einen Mann wie Waitz, der klare Fakten liebte.

Waitz konzentrierte sich darauf, mehr Informationen über die konkurrierenden Teams zu sammeln, die, wie die Tour gezeigt hatte, alle kleine Fortschritte gemacht hatten. Vor allem aber musste er mehr über Mulligans Team US FedEx herausfinden. Waitz hatte schon vor Jahren ein Netzwerk von Helfern auf allen Ebenen der Zusammenarbeit aufgebaut. Dazu gehörten auch Journalisten, die gegen Bezahlung Informationen aus dem gegnerischen Lager lieferten. Ideal war es, wenn es einem Spion gelang, in die Quartiere des Gegners einzudringen. Natürlich waren die Privaträume der Fahrer für Journalisten tabu, aber das eine oder andere heimlich geschossene Foto aus Küche und Flur, Garten und Mülleimer konnte wertvolle Hinweise auf die Arbeitsweise der Rivalen liefern. Es ist schwierig, eine komplexe Ordnung dauerhaft auf hohem Niveau zu organisieren, und so bleibt es nicht aus, dass früher oder später Gegenstände, die Rückschlüsse zulassen, wie leere Medikamentenschachteln, Blutbeutel oder Injektionsnadeln, offen herumliegen.

Neben Journalisten wurden Putzfrauen angeheuert, gelegentlich auch professionelle Fotografen und Privatdetektive, die die Privathäuser der Spitzenfahrer und ihrer Familien auskundschafteten. Zuletzt hatte sich Waitz mit einem Computerspezialisten zusammengetan, der gute Kontakte zur internationalen Hackerszene pflegte. Die Strategie war neu und erfolgversprechend, ein Trojaner an der richtigen Stelle im

gegnerischen Feld konnte Wunder wirken. Manchmal enga-
gierte Waitz sogar Kinder, die er während der Wettkämpfe in
der Nähe der gegnerischen Mannschaftswagen spielen ließ.
Ihre Aufgabe war es, in dem Moment, in dem sich eine Tür
oder ein Fenster öffnete, irgendeinen Gegenstand – einen Ball,
einen Drachen oder ein Spielzeugflieger – in die entstandene
Öffnung zu werfen. Die dadurch entstehende Unruhe konnte
dann von einem gut ausgerüsteten und geschickt platzierten
Fotografen genutzt werden, um Innenaufnahmen zu machen,
die im wahrsten Sinne des Wortes neue Einblicke ermöglichten.

Die Zeitfahr-WM war ein ideales Forum für neue Erkennt-
nisse. Um es kurz zu machen: Ben, der bis dahin unangefoch-
tene König des Zeitfahrens, wurde in seinem fünften Jahr
entthront, und zwar auf eine Weise, die am ehesten mit den
politischen Gepflogenheiten der frühen Neuzeit zu vergleich-
en ist. Am Start ließ Mulligan sie hochziehen, auf halber
Strecke gab er das Zeichen, die Guillotine zu lösen. Bens Kopf
trennte sich sauber von Hals und Rumpf und schlug so hart
auf der Ziellinie auf, dass die kampferprobten Zuschauer entsetzt aufschrien. Mit einer Minute dreißig Rückstand auf Mulligan war es ein Desaster und eine Offenbarung zugleich.

16

Im Winter stellte Ben seine Ernährung um. Der Trainingsplan wurde geändert, die Medikation den neuen Anforderungen angepasst. Man wollte an Bens Infektanfälligkeit arbeiten,
ein altes Übel, das man bisher nicht in den Griff bekommen
hatte. Mulligan hingegen wurde auffallend selten krank, und

wenn, dann dauerte es keine drei Tage, bis der Champion wieder seine Runden drehte und freundlich in die Kameras lächelte. Alles in allem hatte Ben gegenüber Mulligan mehrere Wochen Vorbereitungszeit verloren, aber das sollte sich nun ändern.

Ben war in diesem Frühjahr offensichtlich früher in Form als in den vergangenen Jahren. Seine Leistungsdaten waren bereits im März so gut wie sonst erst Mitte Mai. Das ganze Team freute sich darüber und auch Waitz machte ein wohlwollendes Gesicht, was seit dem Vorfall in der Nacht nach Bens Niederlage am Tourmalet selten geworden war.

Der Mannschaftsarzt riet zur Vorsicht, man dürfe sich nicht überanstrengen und müsse nun das Erreichte konservieren. Die Angst vor der Frühform war unter den Fahrern weit verbreitet. Man fürchtete den frühen Vogel, der den Wurm nicht fängt und am Ende im Maul der Katze landet.

Der Schlachtplan sah vor, dass sich die beiden Kontrahenten so lange wie möglich aus dem Weg gehen sollten. Zur Vorbereitung auf die Tour fuhr Mulligan die Dauphinée, Ben startete beim Giro d'Italia und bei der Tour de Suisse. Mulligan wurde bei der Dauphinée mit drei Minuten Rückstand Dritter, Ben beendete den Giro nach einem starken Zeitfahren und zwei guten Anstiegen. Das letzte Ausrufezeichen setzte Ben mit seinem Sieg bei der Tour de Suisse. Ein bärenstarkes Zeitfahren und ein guter Berg gaben den Ausschlag. Jetzt konnte es losgehen.

Eine Woche vor Tourbeginn trat Ben eine Dreiviertelstunde lang mit 6,7 Watt pro Kilogramm Körpergewicht in die Pedale. (Zur Verdeutlichung: Bezogen auf eine halbe Stunde leisten Hobbysportler durchschnittlich 2,5 bis 3,5 Watt pro Kilogramm Körpergewicht, gute Amateurfahrer um die fünf Watt, Profis um die sechs Watt. Werte um 6,5 Watt und mehr sind auch für Profis außergewöhnlich hoch. Umgerechnet auf Bens Körpergewicht von siebzig Kilogramm ergaben sich 470 Watt). Angesichts der guten Leistungsdaten ging das Problem der trotz intensivster Spionagetätigkeit nicht enden wollenden Informationsflut aus dem gegnerischen Lager in der allgemeinen Euphorie unter, vor der die Vorsichtigen im Team zwar mahnend den Finger hoben, ihr aber im Grunde ebenso erlagen wie alle anderen. Es war an der Zeit, den König wieder auf den Thron zu setzen. So sah es das Volk und so sah es das Team.

Die gute Stimmung sollte noch lange anhalten, denn das Rennen begann hervorragend. Drei Etappensiege vor den großen Bergen, das konnte sich sehen lassen. Ben hatte die Sprints mit angezogen und es gab keinen Zweifel daran, dass sein aufopferungsvoller Einsatz einer ausgezeichneten Form geschuldet war. Weder Mulligan noch Pellegrini oder Carlos waren bis dahin besonders in Erscheinung getreten. Auch sie hatten ihre Sprinter fahren lassen, es siegten andere, die Unauffälligkeit der Stars galt als gutes Omen.

Irgendwann wurde die Tour langweilig. Keiner wollte sich zeigen. Schließlich gewannen Leute, die auf dem Papier nicht hätten gewinnen dürfen, und alle fieberten dem Moment entgegen, in dem es endlich losging und die Favoriten zeigten, was sie wirklich drauf hatten.

Mont Ventoux, 17 km, 1600 Höhenmeter. Einer der berühmtesten Berge der Welt. An diesem Berg wurden schon viele Schlachten geschlagen! Hier wurden Könige gemacht. Diesmal fand das Rennen an einem achtzehnten Juli statt, und gekrönt wurde der Mann, der als Dritter gestartet war: Johnny Mulligan. Die Art und Weise, wie Johnny diesen Anstieg meisterte, sollte Radsportfans noch jahrelang feuchte Träume bescheren. Mit pfeilschnellen Tritten wuchtete er sein Sportgerät den Berg hinauf, hinein in die Spitzkehren, aus denen er sich herauskatapultierte, um an den steilsten Stellen, an denen alle anderen Federn lassen mussten, weiter zu beschleunigen. Im Ziel hatte er 75 Sekunden Vorsprung auf Ben, der nach einer sehr guten Leistung erneut Zweiter wurde. Zweiter, Zweiter, immer Zweiter! Es war herzzerreißend, denn Ben hatte sich völlig verausgabt. Dem Team blieb nichts anderes übrig, als die Überlegenheit des Gegners anzuerkennen. Die Götterdämmerung hatte endgültig eingesetzt, das Requiem für den Altmeister war angestimmt. Ben konnte man keinen Vorwurf machen. Sein Tritt war rund, flüssig und kraftvoll, wie immer war er im Sattel geblieben, und wäre Mulligan nicht gewesen, hätte man der Kraft dieses Jungen einen Schrein gewidmet. Im Ziel blieb Ben nichts anderes übrig, als mit unbeholfenen Worten seine Niederlage zu kommentieren, eine Niederlage, die unerklärlich war. Unerklärlich wie die Bitterkeit, die er mit vielen Zuschauern teilte. Aber woher kam diese Bitterkeit, was war ihre Quelle? Trauer, Niedergeschlagenheit, Scham? Das alles trifft es nur zum Teil. Im Mannschaftswagen und abends im Hotel herrschte Schweigen, und das allzu offensichtliche Fehlen des Aufbegehrens, das uns am Leben erhält, damit aus Hoffnung Zuversicht wird, erfasste das ganze Team als Offenbarungseid einer tiefen Hilflosigkeit. Waitz und Liebermann waren wie gelähmt. Fassungslos starrten sie auf Mulligans Leistungsanalyse, die kurz nach dem Abendessen eintraf. Im letzten Drittel des Anstiegs hatte er durchschnittlich 485 Watt getreten, eine schier übermenschliche Leistung. Den Fahrern verging die Lust am Weiteressen, die Ärzte spielten mit nervösen Fingern an ihren Stiften, dann steckten sie die Köpfe zusammen, palaverten im Kriegsrat. Man räusperte und kratzte sich, murmelte und raunte und ergab sich schließlich in offener Bewunderung und Ergebenheit dem neuen Herrn.

Ben hatte sich inzwischen in sein Zimmer zurückgezogen. Die Massage fand in aller Stille statt, niemandem war nach Reden zumute. Nachdem der Masseur gegangen war, knipste Ben das Licht aus und versank in Sekundenschnelle in die Tiefen eines traumlosen, weltverlorenen Märchenschlafes, der, wenn es nur möglich gewesen wäre, hundert Jahre hätte dauern können.

18

„Der irische Hammer schlägt zu", „Mulligan demütigt Abraham", „Veni, Vidi, Mulligan", „Mulligan entreißt Abraham die Krone des Radsports". So titelten die Gazetten am 19. Juli 2012. Sie schrieben, dass sich Mulligan mit kurzen, harten Antritten von Abraham, Pellegrini und Carlos abgesetzt und große Lücken zwischen sich und die Verfolger gerissen habe. Sie schrieben, wie Mulligan sich umdrehte, den leidenden Abraham ansah. Von der lässigen Überlegenheit im Blick des Iren war die Rede und davon, dass Abraham unter seinem eisigen Atem fröstelte.

Noch am Abend rasten Bens Gedanken. Woher sollten sie wissen, ob er fröstelte, ob ihm heiß oder kalt war bei Mulligans Anblick, wie sollten sie auch nur ahnen, wie er sich fühlte? In einem wütenden Impuls griff er nach der Nachttischlampe, er war wie ein Tier, das von einem Jäger gehetzt und in höchste Not gebracht worden war. Durch das Geräusch der zerbrechenden Lampe aufgeschreckt, eilten zwei Kameraden herbei und fanden, wie sie später berichteten, Abraham in einem entsetzlichen Zustand vor, das Gesicht verwelkt wie das eines sterbenden Greises. Den ratlosen Männern blieb nur der Rückzug, in diesem Zustand war dem Jungen nicht beizukommen.

Langsam beruhigte sich Ben, seine Gedanken ordneten sich. Wo waren die Ärzte? Noch war es nicht zu spät, noch war die Tour nicht verloren. Zwei, drei Chancen zur Revanche gab es noch, und die wollte er nutzen, koste es, was es wolle. Ben wollte in Gelb nach Paris, und er wollte es mehr als alles andere auf der Welt, und wenn er dafür seine Seele opfern musste, das Gelbe Trikot war es wert, und noch viel mehr.

Mit Hilfe von Dr. Maler, einem jungen Assistenzarzt aus Nürnberg, verschaffte sich Ben Zugang zu dem Raum, in dem die Medikamente aufbewahrt wurden. Ben hatte ihm mit Entlassung gedroht, wenn Maler ihm nicht helfen würde; er war sich für keine Erpressung zu schade. Als das nicht half, bot er fünftausend Euro. Maler willigte ein und stand Schmiere, während Ben sich am Kühlschrank zu schaffen machte, der mit einem Metallschloss gesichert war. Schließlich gab das Schloss nach, Ben fand, was er suchte, und beide schlichen heimlich in ihre Zimmer zurück.

Ben klebte sich Testosteronpflaster auf die Hoden. Die Hose hing ihm noch bis über die Knie, als es an der Zimmertür klopfte. Er erschrak, aber da stand der Eindringling schon im Zimmer. Wortloses Staunen, dann ungläubige Blicke, die durch das Zimmer flogen.

Der Sturm brach los: „Was machst du da, um Gottes willen, was machst du da?", rief der Mannschaftsführer fassungslos und stürzte sich dann auf den armen Jungen, der, hilflos wie ein Kind dem väterlichen Zorn ausgeliefert, die Hose bis zu den Füßen heruntergezogen bekam.

Ben war mehr tot als lebendig. Waitz riss das Pflaster ab und warf es in den Mülleimer. „Wie lange hast du das schon an den Eiern, du Idiot? Hast du eine Ahnung, wie schnell du auffliegst, wenn du das drauflässt? Die kriegen dich noch am selben Tag, du ... Ich kann es nicht glauben! Wie blöd, um Himmels willen ..." Da verschlug es dem Teamchef die Sprache.

Ben versuchte sich zu rechtfertigen: Er öffnete den Mund, es kam ein unverständliches Gestammel heraus.

Waitz wiederholte. „Wie lange war das Pflaster drauf, sag's mir!"

Ben sagte, fünf Minuten vielleicht, er hatte es gerade erst aufgeklebt.

„Hoffentlich war es nicht zu lange! Ich hole jetzt den Liebermann, und du rührst dich nicht von der Stelle, verstanden?"

19

Dr. Liebermann kam sofort. Fünf Minuten; die Wahrscheinlichkeit, dass Testosteron in großen Mengen in den Blutkreislauf gelangt sei, sei nicht sehr hoch. Das war die Essenz eines langen, technisch überladenen Vortrags, der trotz seiner Aussage äußerst beunruhigend wirkte. Waitz traute den Ärzten nicht, schon gar nicht denen, die sich weigerten, Stellung zu nehmen. Seine Stimmung verschlechterte sich weiter. Er fasste den Entschluss, spazieren zu gehen. Spaziergänge gehörten zu den seltenen Auszeiten, die sich Waitz gönnte. Sonst war es unmöglich, diesen Job durchzuhalten, bei dem man ständig mit einem Bein im Gefängnis stand. Ben folgte Waitz Anweisung und blieb in seinem Zimmer. Sein Kopf war leer, aber von Läuterung, von Entspannung keine Spur, in seinem Innern herrschte die Unruhe eines Kindes, das beim Griff in die Brieftasche seines Vaters ertappt worden war.

Am nächsten Tag trug sich Ben in die Startliste ein. Der Ausgang des Rennens spielte heute keine Rolle. Bis zur nächsten Dopingkontrolle war alles egal. Das Rennen nahm seinen Lauf, Ben wurde an diesem Tag nicht getestet. Aber die Tatsache, dass er diesmal nicht aufgerufen wurde, war schrecklich. Bens Teamkollegen merkten sofort, dass etwas nicht stimmte, und sie spürten, dass Bens Unruhe nicht nur von den Niederlagen herrührte. Trotzdem wollte niemand Fragen stellen, man betrachtete es als Bens Privatsache. Am nächsten Tag gab es eine Flachetappe, ein Tag für die Sprinter. Diesmal klappte es auch für Bolte, den Topsprinter des Teams Germatel, nicht, was niemanden zu berühren schien. Die Ergebnisse waren plötzlich bedeutungslos. Ben wurde zur Dopingkontrolle gebeten, die Gott sei Dank negativ ausfiel.

Gegen acht Uhr abends erhielt Ben einen Anruf aus Deutschland. Seine Mutter wünschte ihm alles Gute. „Du schaffst das, Junge", sagte sie, „ich glaube an dich, ich weiß, dass du der Beste bist! Ben lächelte bitter. Zum Glück konnte seine Mutter ihn nicht sehen. „Danke, Mama, ich weiß das wirklich zu schätzen, Mama." Dann legten sie auf, sie wusch ihre Schwimmsachen, er zappte durchs Fernsehprogramm. Wenn diese Tour nur schon zu Ende wäre, dachte Ben, wenn sie nur schon zu Ende wäre.

Aber die Tour ging weiter. Sie führte in die Alpen, zehn Berge der ersten Kategorie warteten darauf, bezwungen zu werden.

Und was dachten die Leute? Ben ärgerte sich über ihre Naivität, und er war nicht der Einzige. Manchmal machten sich die Fahrer über die dummen Fragen der Reporter und Fernsehjournalisten lustig. Besonders lustig war es, wenn das Thema auf die Landschaften kam, die man auf der Tour zu durchqueren hatte.

Wittig hatte einmal eine wirklich gute Antwort parat. „Wissen Sie", hatte er der Reporterin mit den schwarz bestrumpften Endlosbeinen gesagt, „man genießt die Tour eigentlich nie, auch nicht außerhalb der Berge. Es passiert so viel, man ist ständig auf der Hut vor Attacken der Gegner, vor Löchern im Asphalt, vor Verrückten, die einem ins Rad greifen. Das ist harte Arbeit. Man kann nicht spazieren fahren, das ist ein Luxus, den wir uns nicht leisten können.

Eine Journalistin, die nicht so recht wusste, was sie sagen sollte.

„Die weltberühmten Landschaften der Provence, nehmen wir die als Beispiel", sagte Wittig. „Da fahren wir Jahr für Jahr durch, und natürlich gibt es die Lavendelfelder wirklich, und der Duft von Mandel-, Orangen- und Olivenhainen weht einem um die Nase, wenn man die Hügel hinunterfährt. Noch ein paar Sonnenblumenfelder und das schattige Relief von Burgen und Schlössern, die wie im Zeitraffer an uns vorbeiziehen. Ein Geschmackseindruck, ein Bild von etwas, das wir nicht festhalten können. Wir bekommen nur Schatten von den Dingen, nicht mehr und nicht weniger."

Die Journalistin machte große Augen. Natürlich kannte sie die uralten Buchen- und Eichenwälder rund um den Mont

Ventoux, die sagenumwobenen Täler und Schluchten am Verdon und an der Tara, und sie wusste, dass Thymian, Rosmarin, Oregano, Basilikum und Majoran, die berühmten Kräuter der Provence, hier nicht kultiviert werden mussten, weil sie überall wild wuchsen.

Darauf angesprochen, antwortete Wittig trocken, er sei schon sechs Mal durch die Provence gefahren, habe aber nichts davon gesehen. „Und wenn wir in den Pyrenäen sind, haben wir den Tourmalet im Kopf. Wir müssen sehen, dass wir da heil rauf und wieder runter kommen, das ist unser Job. Von Höhlen und Grotten und Steinzeitmalereien und dem Gouffre de Padirac habe ich aus dem Fernsehen gehört, da war ich noch nie".

Ben erinnerte sich daran, wie die junge Frau Witti daraufhin angesehen und das Gespräch mit einer knappen Bemerkung beendet hatte. Wer wollte das schon hören? Geschichten von harter Arbeit, von Verzicht und Entsagung. Wahrlich nicht der Stoff, aus dem Träume sind.

21

Am ersten Berg fuhr Ben auf gleicher Höhe mit seinen Konkurrenten. Das Tempo war moderat, gegen drei Ausreißer mit fünf Minuten Vorsprung wollte niemand etwas unternehmen. Beim Start hatte sich Ben noch gut gefühlt. Doch nun spürte er einen leichten Druck an den Schläfen und hoffte, dass es den anderen genauso ging. Natürlich ließ sich niemand etwas anmerken, Pokerspieler auf dem Rennrad, jeder wartete auf ein unfreiwilliges Zeichen der Schwäche beim anderen, ein Zucken über den Augenbrauen, ein Nicken zur falschen

Seite, der Mund etwas zu weit geöffnet. In der Abfahrt fiel der eine oder andere zurück, was nichts zu bedeuten hatte, denn das Ziel war noch weit. Das Peloton befand sich nun am Fuße des Col de la Madeleine, 19 Kilometer mit durchschnittlich 8% Steigung lagen vor ihm. Das Tempo zog an, die Sprinter fielen zurück, wenig später auch einige Klassementfahrer. Fünf Kilometer vor dem Gipfel setzte sich Carlos ab, aber Mulligan, der Gelbe, blieb im Sattel. Konnte oder wollte er nicht? Langsam nahm das Tempo wieder zu, und bald war Carlos eingeholt, aber nun sprang Pellegrini mit einem knackigen Antritt aus dem Feld. Ben fuhr hinterher, holte Pellegrini ein, aber es tat weh, und Mulligan sah nicht besonders kaputt aus. Zwei Spitzkehren später wusste die Welt, dass er es auch nicht war. Mulligan stieg aus dem Sattel und machte den berühmten Wiegetritt, der sofort eine Lücke riss. Bens brennende Oberschenkel schrien nach Sauerstoff, und Tränensäcke, groß wie reife Pflaumen, nahmen ihm die Sicht. Unter Aufbietung aller Kräfte gelang es ihm schließlich, den Abstand zu Mulligan konstant zu halten. Am Gipfel waren es elf Sekunden, und Waitz brüllte: „Elf, Ben, nur elf, den Berg runter, Ben, den kriegst du!"

Schon befand sich Ben in einer halsbrecherischen Abfahrt. Das Risiko zahlte sich aus. Mulligan ging offensichtlich auf Nummer sicher, denn der Abstand wurde immer geringer und am Fuße des Berges hatte Ben zu ihm aufgeschlossen. Das war's. Die beiden erreichten gemeinsam das Ziel. Ben nahm die Glückwünsche seiner Teamleitung dankbar entgegen. Er hatte Herz gezeigt, er hatte gekämpft, und doch währte die Freude nicht lange, denn Ben wusste genau, dass nicht er, sondern Mulligan den Ton angegeben hatte. Ben hatte nur reagiert, er hatte das Rennen nicht angeführt, er war passiver Zweiter gewesen. Er hätte diese Position nicht halten können, wenn er heute nicht über sich hinausgewachsen wäre. Ben wusste auch, dass die Anstrengung einen hohen Preis haben würde. Die Rechnung würde am nächsten Tag auf den Tisch kommen, am nächsten Berg. Und was war mit Mulligan? Hatte er auch nur eine Sekunde Schwäche gezeigt? Es sah nicht danach aus. Vielmehr wirkte der heutige Auftritt wie ein sorgfältig inszeniertes Intermezzo, eine Warnung an die Konkurrenz, ein Vorspiel für die Kür, die noch kommen sollte. Dieser Mulligan hatte sein wahres Können noch nicht gezeigt, da war sich Ben sicher. Verdammter Kerl, der sich umdreht, lacht und einfach weggeht. Heute hatte er nicht gelacht, aber er hätte es tun können, und er würde es wieder tun, wenn ihm danach war.

Bens Verzweiflung wuchs mit jeder Minute, die er an Mulligan dachte, und er spürte wieder die Verzweiflung von damals, als er sich zu dem waghalsigen Unternehmen mit dem Testosteronpflaster hatte hinreißen lassen. Was, wenn er es noch einmal versuchen würde? Es gab so viele, die manipulierten, und kaum einer flog auf. Selbst wenn die A-Probe positiv ausfiel, bis zur B-Probe war immer noch Zeit, um ... aber nein. Ben unterbrach sich. Nein, das ging nicht. Er wäre sofort aus dem Rennen. Und eine nachträgliche Rehabilitierung war praktisch wertlos. So sehr Ben auch seinen Verstand quälte, es führte zu nichts. Allen Lösungen, die ihm einfielen, hielt sein Verstand den Spiegel vor. Das Rad des Gegners manipulieren – unmöglich, darauf war man vorbereitet, die Rennställe schützten sich mit Sicherheitsvorkehrungen wie große Banken. Einen Unfall herbeiführen oder herbeiführen lassen? Auch das war riskant, man konnte leicht selbst erwischt werden. Essen manipulieren? Auch diesen Gedanken verwarf Ben. So etwas stand auf einer Stufe mit technischer Manipulation am Fahrrad. Und es ging sowieso nicht, die Teams rechneten damit. Mulligans Helfer kaufen? Ja, das könnte funktionieren, vielleicht auch eine Putzfrau, die sich Zugang zum

Medizinschrank verschaffte und Mulligan eine Substanz in die Flasche schüttete, irgendein Pulver, das Bauchkrämpfe und Durchfall verursachte.

Wenn ich Paul oder besser Valentin dorthin schicke, um einen Arzt zu kontaktieren ... oder – Ben gefiel diese Idee besser – ... haben wir nicht die Telefonnummern von denen? Ich biete zwanzig-, dreißigtausend Euro, wenn es sein muss, für die Garantie, dass Mulligan am Galibier nicht in Form ist. Ja, dachte er in diesem Moment des Überschwangs, das werde ich tun, Valentin wird mir einen Arzt besorgen und ... aber ..."

Das Aber brachte Ben zur Besinnung. Er stand an der Schwelle zu einem Abgrund, den er nie wieder erklimmen würde. Eine Welle bitteren Selbstmitleids überwältigte ihn, Tränen stiegen ihm in die Augen. Bitter schmeckten diese Niederlagen, und schrecklich war es, wenn die kalte Vernunft ihn zwang, die bittere Wahrheit anzuerkennen.

Tief betrübt suchte Ben nach der Fernbedienung für den Wandfernseher. Fernsehen war die einzige Ablenkung, die Ben einfiel. Er drückte auf den roten Einschaltknopf, aber nichts tat sich. Es kostete ihn unendlich viel Mühe, aufzustehen. Auf dem Bildschirm flackerte das blaue Testbild, mehr nicht. Ben überlegte, wen er anrufen könnte. Da bemerkte er etwas auf dem Fensterbrett, das halb von der Gardine verdeckt war. Unter der Gardine lugte ein Zettel hervor. Ben geht hin und sieht, dass es ein Briefumschlag ist. Auf dem Umschlag stand kein Absender. Er nimmt den Brief heraus und setzt sich aufs Bett.

Neugierig las er:

Mein lieber Herr Abraham,

erlauben Sie mir, mich vorzustellen. Mein Name ist Conscientio Mores. Sie kennen mich nicht, aber Sie kennen die Gegend, aus der ich komme. Es ist die schöne La Mancha in Spanien. Sie haben sie auf Ihrem glorreichen Weg nach Madrid durchquert. Es war ein schöner Tag, nicht wahr, nicht zu heiß und nicht zu windig, wie gemacht zum Radfahren, und ein entspannter Tag war es auch. Sie sind Achtzehnter geworden, hinter dem Tagessieger Juarez, dem Sie am Ende 45 Minuten abgenommen haben.

Langweile ich Sie? Legen Sie den Brief nicht weg, ich komme gleich zur Sache. Kein Wort von dem, was hier gesagt wird, ist zu viel. Es ist wichtig, wie der Radsport selbst.

Hören Sie gut zu. Ich bin ein Fachmann in Sachen Radsport, und mehr noch, ich bin ein versierter Kenner derer, die ihn mit Leib und Seele betreiben. Ich kenne Sie gut, Herr Abraham, ich habe Sie lange studiert, so wie ich Pellegrini, Carlos und Juarez studiert habe. Einer fehlt in der Aufzählung? Richtig. Aber keine Sorge. Keiner kennt ihn besser als ich. Habe ich Ihr Interesse geweckt?

Ben legte den Brief beiseite. Wild hämmerte es in seinen Schläfen. Was um alles in der Welt war hier los?

Wer war dieser Kerl, der behauptete, über alles Bescheid zu wissen? Ben war sich sicher, dass der Brief ein Geheimnis barg. Etwas Verheißungsvolles, dem er auf die Spur kommen musste. Gierig las er weiter.

Als glühender Verehrer Ihres Talents habe ich mich gefragt, wie es Ihnen wohl nach den jüngsten Ereignissen geht. Nun, die Antwort fiel mir nicht schwer, ein Blick in Ihr Gesicht genügte. Sie sind nicht weitergekommen, Herr Abraham. Sie wissen es, Ihre Gegner wissen es. Allen voran Johnny Mulligan, der wahre Wunder vollbringt. Ich habe die richtigen Worte gefunden, nicht wahr? Johnny Mulligan vollbringt Wunder, und er vollbringt sie genau dann, wenn es darauf ankommt.

Er weiß, dass seine Leistungen nicht von dieser Welt sind. Sie spiegeln eine außergewöhnliche, fast unmögliche Beziehung wider, die die natürliche Ordnung der biologischen Zugehörigkeit auf den Kopf stellt. Sie verstehen nicht? Ein Gleichnis soll Klarheit schaffen.

Stellen Sie sich vor, Sie sind ein Tiger. Ein großer, stolzer sibi-

rischer Tiger, *Panthera tigris altaica*, die größte aller Katzen, eine wahre Majestät! Nebenan sind Löwen, Jaguare, Leoparden und Schneeleoparden, Ihre Geschwister, Ihre Familie. Weiter vorne tummeln sich die Raubkatzen, Hyänen, Linsangs und Pardelroller, auch sie sind Verwandte. Und schließlich, nach der Ordnung Carnivora, die Raubtiere.

Bleiben wir im Bild, Herr Abraham, folgen Sie mir! Die biologische Systematik führt Sie als Raubtier, und nun frage ich: Was machen Raubtiere? Sie jagen, sie reißen, sie fressen, sie pflanzen sich fort. Sie tun das, wozu sie geboren wurden, nichts davon ist verwerflich, nichts geschieht gegen ihre biologische Bestimmung. Sie sind Tiger, und Sie werden immer Tiger sein. Mögen die Katzen, denen Sie auf Ihrem Weg begegnen, noch so stark sein, an Ihre Kraft kommen sie nicht heran, denn ein großer sibirischer Tiger besiegt auch den stärksten Löwen im Zweikampf.

Doch nun kommt einer, für den diese Regel nicht zu gelten scheint. Der sibirische Tiger unterliegt plötzlich, das ist kein Zufall, immer wieder geht er vor dem scheinbar Unbesiegbaren zu Boden. Wie ist das möglich? Eine Katze, selbst ein anderer Tiger, sie wären doch bestimmbar, wir wüssten um ihre Schwächen, wir wüssten um die Stelle, wo das Lindenblatt liegt, wo der blanke Stahl unseres Schwertes den scheinbar Unbesiegbaren zu Fall bringen könnte.

Aber dieser hier fällt nicht. Wollen Sie wissen, warum?

Weil er nicht von unserer Art ist. Keine Katze, kein Grizzly, kein Großer Weißer – so ein Raubtier haben wir noch nie gesehen. Dieses Wesen sprengt unsere Ordnungs- und Gattungsbegriffe. Womit haben wir es zu tun? Ein vielzelliges Wesen wie von einem anderen Stern, ein Wirbeltier, das die Vorzüge aller Klassen in sich vereint, ein Tiger mit Flügeln, der unter Wasser atmen kann. Gestern noch ist er als Katze ins Ziel gesprungen, gemeinsam habt ihr die Löwen hinter euch gelassen. Aber am Col de la Madeleine haben wir einen Adler gesehen, der sich mit der Geschmeidigkeit eines Wiesels in die Lüfte erhob, und am Tourmalet war es ein Schwertfisch, der *sich durch die Spitzkehren bohrte...".*

Bens Gaumen war trocken wie Sandpapier. Er goss Wasser in ein Glas und zählte die Seiten. Fünf, sechs, sieben ... Seltsam, es kam ihm vor, als sei der Brief beim Lesen länger geworden. Er wollte sich von dem merkwürdigen Gefühl befreien, schüttelte den Kopf, aber sein Blick blieb wieder an dem Brief hängen.

Dieser Mann ist nicht zu besiegen, Herr Abraham. Nicht mit den Waffen eines Tigers.

Das zu sagen, bin ich gekommen. Und ich bin gekommen, um Ihnen den Albdruck der drohenden Niederlage zu nehmen. Tun Sie, was ich Ihnen sage, und Sie werden Mulligan besiegen. Sie werden bei dieser Tour triumphieren, am Galibier und im Zeitfahren. Was ich Ihnen anbiete, ist neu, sicher und absolut großartig. Es ist das Brot des Herrn. Sie werden in Paris ganz oben stehen. Es lebe der gelbe König!

Ihr großer Bewunderer und ergebener Diener
Conscientio Mores

PS: Sie haben sicher schon bemerkt, dass Ihr Fernseher nicht funktioniert. Das liegt an der Media-Box, dem kleinen weißen Kasten oben rechts über dem Bildschirm. In der unteren Schublade Ihres Nachttisches finden Sie einen Schraubenzieher. Öffnen Sie die Box und nehmen Sie heraus, was Sie darin finden.

Und noch etwas: Es liegt in Ihrem eigenen Interesse, über diesen Brief Stillschweigen zu bewahren. Denken Sie daran: Kein Wort darüber, zu niemandem!

Ben rieb sich die Augen. Es gibt Träume, die sind nicht von der Wirklichkeit zu unterscheiden, sie fühlen sich so echt an, dass es einem Angst und Bange wird. Dieser triste Raum, das Gewicht des Papiers in seiner schweißnassen Hand, die stickige, feuchte Luft, die er einatmete. Alles war so verdammt real!

Ben wog den Brief in seinen Händen. Sicher würde er jetzt, beim zweiten Versuch, nur leere Blätter vorfinden, die Kehrseite der Träume kennen lernen; im Augenblick des Erwachens war das eben noch Greifbare schon ungreifbar geworden, eine schnell verblassende Erinnerung. Ben legte den Brief beiseite. Er wollte seine Fata Morgana nicht auf die Probe stellen. Da fiel ihm der Fernseher ein. Er nahm die Fernbedienung und drückte auf den Einschaltknopf. Nichts. Ein weiterer Versuch, wieder nichts. Der Fernseher war kaputt, aber das wusste er schon. Da bezahlte die Mannschaft gutes Geld für halbwegs akzeptable Unterkünfte in der französischen Provinz, und dann ging nicht einmal der Fernseher...

Wie magnetisiert fielen Bens Augen auf die Media-Box. Vorsichtig tastete er sie ab, sie war fest mit der Wand verschraubt. Den Schraubenzieher fand er in seinem Nachttisch. Unerklärlich, wie das Werkzeug dorthin gekommen war. Plötzlich war Ben wieder in seinem Traum, er setzte den Schraubenzieher an. Der Deckel schnappte auf. Ben sah Doppelbilder, wich zurück, taumelte und fiel aufs Bett. Mit geschlossenen Augen versuchte er, das Durcheinander in seinem Kopf in den Griff zu bekommen. Er raffte sich auf und sah in der Schachtel ein in Plastik eingeschweißtes Päckchen. Er nahm es heraus und ließ es vorsichtig durch seine Finger gleiten. Es enthielt eine Spritze, eine separat verpackte Nadel und ein winziges Fläschchen ohne Aufdruck, drei Milliliter Fassungsvermögen. Ben schloss die Zimmertür. Alles war so gekommen, wie der Briefeschreiber es vorausgesagt hatte.

Aber was nun? Ben wunderte sich über seine Unbeständigkeit. Noch vor einer Stunde hatte er sich nichts sehnlicher gewünscht als eine Handlungsmöglichkeit, eine Perspektive. Er konzentrierte sich und beruhigte sich langsam. Die Ruhe schien ihm Türen zu öffnen. Wenn er jetzt die Spritze aufzog, sich spritzte, was würde passieren? Ben dachte an vier Möglichkeiten: Erstens: Die Injektion wirkt wie gewünscht, er gewinnt das Rennen und die anschließende Dopingkontrolle fällt negativ aus. Dieses Ergebnis würde das Risiko rechtfertigen.

Zweitens: Das Mittel wirkt, aber der Test fällt positiv aus. In diesem Fall wäre die Tour für ihn beendet. Eine mindestens zweijährige Wettkampfsperre wäre die Folge, der Anfang vom Ende. Dritte Möglichkeit: Das Mittel hat nicht gewirkt. Dann würde Ben erneut gegen Mulligan verlieren, er würde die Tour unter ferner liefen beenden, Hohn und Spott von Millionen wären sein Lohn. Diese Option käme dem Bau eines Luftschlosses gleich, nichts wäre erreicht. Auch das bedeutete praktisch das Ende der Karriere.

Eine letzte Möglichkeit blieb: Ein unwirksames Präparat, das positiv getestet wurde. Auch solche Fälle kennt die Sportgeschichte. Mit dieser Hypothek im Gepäck würde Ben sang- und klanglos von der Bildfläche verschwinden. Seine Karriere wäre beendet, schlimmer noch, sie hätte nie stattgefunden. Ben Abraham, ein aufgeblasener Plastikcowboy, ein schillerndes Nichts, der ehrgeizig, aber talentlos sein Glück im Traum von Ruhm und Anerkennung versucht hatte, in Wirklichkeit aber kläglich gescheitert war.

Ben öffnete das Fenster und steckte den Kopf hinaus. Die Luft schmeckte sauber und rein, eine Wohltat für sein gequältes Hirn. Es gab also drei Möglichkeiten mit negativem Ausgang und eine mit wünschenswertem. Drei zu eins, dachte er, drei zu eins fürs Bleibenlassen.

Er hielt das Päckchen zwischen den Fingern und steckte es in seine Brusttasche. Da fiel ihm ein, dass die Hemden regelmäßig gewaschen wurden, meistens dann, wenn er auf dem Fahrrad saß. In der Brusttasche war das Päckchen nicht sicher. In die Sporttasche damit, in den Waschbeutel, da kommt keiner dran, dachte Ben, das war der einzig sichere Ort für private Dinge. Doch plötzlich zuckte Ben zusammen.

Medikamente gehören in den Kühlschrank! Sie mussten kühl sein und der Inhalt dieses Fläschchens sicher auch.

In den Mannschaftskühlschrank konnte er es nicht stellen, der war für alle zugänglich. An der Rezeption abgeben? In der Nachbarschaft verstecken? Überall lauerten Gefahren. Ben biss sich auf den Daumen. Das abgebissene Stück Haut spuckte er auf die Fensterbank. Der Finger tat nicht besonders weh, schließlich kaute er seit Jahren daran und wusste, wie weit er beißen konnte.

Plötzlich musste er lachen. Wie dumm er doch war! Hotelrezeption, Nachbarschaft, alles Unsinn! Er hatte sich schon aus dem Mannschaftshotel schleichen sehen, mit einem Bündel Geldscheine unter dem Hemd, wie ein Lebensmittelvertreter auf der Suche nach Häusern mit offenen Türen und aufnahmebereiten Kühlschränken.

Aber da war ja die Minibar! Jetzt war alles ganz einfach. Er öffnete sie, nahm zwei Schokoriegel heraus, zog das Papier ab und legte die Schokolade zurück. Er öffnete einen Joghurtbecher, schüttete den Inhalt ins Waschbecken und spülte den Becher aus. Den Inhalt des Päckchens, eine Einwegspritze mit gelber Flüssigkeit und eine Kanüle, wickelte er in das Schokoladenpapier und legte es in den Joghurtbecher, den er mit dem abgerissenen Deckel verschloss. Dann stellte er den Becher an die Rückwand des Kühlschranks und stellte Saftflaschen als Sichtschutz davor. Zufrieden schloss er die Kühlschranktür.

Jetzt nahm er sich die Media-Box vor. Sie ließ sich leicht anschrauben und hing bald wieder an ihrem Platz. Noch einmal drückte er auf die Fernbedienung und siehe da, der Fernseher funktionierte. Ein Schauer des Entzückens überlief ihn. Wie seltsam das Leben doch spielte! Eine Weile sah er fern, verstand aber kaum etwas. Schließlich fand er Braveheart, auch auf Französisch, es störte ihn nicht weiter. Die Szene, in der William den Tod von Murren mit dem Morgenstern in der Tasche rächt, gefiel ihm besonders gut. Er hätte sie sich am liebsten mehrmals angesehen. Als um sieben Uhr der Wecker klingelte, flimmerte der Bildschirm immer noch.

23

Es folgte eine klassische Überführungsetappe. Es galt, die Konzentration hoch zu halten und den Wechsel als Vorbereitung für die entscheidenden Etappen zu nutzen. Das war leichter gesagt als getan. Immer wieder gab es Fahrer, die sich gehen ließen, miteinander plauderten, kokettierten und in den Pinkelpausen schon mal die Zeit fanden, die Nase in einen schönen Blütenkelch zu stecken. Disziplinlosigkeit war für Waitz tabu. Dennoch ließ sie sich nicht immer verhindern. Hier und da gaben die Fahrer dem Bedürfnis nach vorübergehender Entspannung nach, wurden unkonzentriert.

Zunächst verlief die Fahrt ruhig. Sie führte in einer Schleife aus den Hochalpen hinaus in die Dauphinée, in den höher gelegenen Teil der Provence und von dort wieder zurück in die Alpen. Eine Gegend wie aus dem Bilderbuch. Sonnendurchflutete Hügel und Täler mit malerischen alten Dörfern, hier und da mittelalterliche Schlösser, die sich am rapsgelben

Horizont abzeichnen, umgeben von roten Weinbergen und Blumenfeldern. In den Voralpen wird die Landschaft rauer, aus sanft geschwungenen Hügelketten erheben sich Vorgebirge, und das mediterrane Flair lichtdurchfluteter Dörfer weicht allmählich der herben Kargheit grober Steinbauten, die zwar nicht schön anzusehen sind, aber seit Jahrhunderten der Gluthitze des Sommers und den eisigen Nächten des alpinen Winters trotzen.

Und hier, inmitten dieser unbekümmerten, traumverlorenen Landschaft, griff Mulligans Mannschaft plötzlich an. Waitz war ebenso unvorbereitet wie der Rest der Mannschaft. Fünf Kilometer weiter wartete der schwerste Anstieg des Tages, ein Berg der zweiten Kategorie. Die Topfahrer sind nicht an kurzen Anstiegen interessiert, wenn es darum geht, Zeit gutzumachen. Es ist viel zu anstrengend, der mögliche Zeitgewinn gering, das Kosten-Nutzen-Verhältnis ungünstig, so dass Angriffe nicht sinnvoll erscheinen. Doch genau das taten sie. Das Team US FedEx legte ein Höllentempo vor, fuhr wie im Mannschaftszeitfahren und ließ die Konkurrenz hinter sich. Ben und Wittig hängten sich dran, ein paar andere versuchten es auch, dann brach einer nach dem anderen weg. Am Fuße des Berges waren die Besten mit ihren Edelhelfern unter sich.

„Dranbleiben, dranbleiben", brüllte Waitz hysterisch, „mitfahren!" Nach zwei Kilometern Anstieg ließ Wittig abreißen. Ben fuhr noch ein Stück mit, aber er spürte, dass es nicht mehr lange dauern konnte, bis er platzen würde. Noch drei Kilometer bis zum Gipfel, noch dreitausend endlose Meter, wie viele Zentimeter waren das? Wer am Anschlag fährt, am Scheideweg zwischen Wille und Widerstand, der fährt durch einen Tunnel. Da ist nichts als schwarzer Schmerz und flackernde Lichtfetzen in der Ferne, die nicht größer werden wollen. Und doch muss man dorthin, wo die Lichtblitze tanzen, muss man treten, bis das Blut in die Kehle steigt und die Übelkeit kommt und der Gott des Radsports endlich ein Einsehen hat – die Qual muss ein Ende haben.

Wie er sich auf den letzten Kilometern dieser Etappe gefühlt habe, wurde Ben am Ende des Rennens gefragt. Unfähig, verständliche Sätze zu bilden, spuckte Ben Wortfetzen aus, kotzte abgehackte, nichtssagende Bemerkungen. Waitz, der neben seinem Schützling stand, wusste als einer der wenigen, dass dies Ausdruck extremer Erschöpfung war. Er legte seinen Arm um Bens Schulter und führte ihn zum Mannschaftswagen, wo Ben, der minutenlang hustete, endlich mit reinem Sauerstoff versorgt wurde.

Er hatte heute keine Zeit verloren. Drei Sekunden hinter Mulligan, was war das schon?

24

In der folgenden Nacht lag Waitz noch lange wach. Er dachte über den schweren Tag nach, suchte nach Gründen für die Niederlage, nach Auswegen. Er fand sie nicht. Seine Gedanken drehten sich im Kreis, seine Stimmung erreichte einen neuen Tiefpunkt. Er dachte an Bens Verhalten in der letzten Zeit. Es war der neuen Situation nicht angemessen. Ben war immer etwas faul gewesen, besonders im Frühjahr, während der Vorbereitung auf die Saison. Mehr Disziplin im Winter bedeutete mehr Leistung im Sommer. Waitz hatte längst akzeptiert, dass Bens Persönlichkeit nicht zu ändern war. Aber jetzt ging der Junge zu weit. Warum versuchte Ben mitten in der Nacht, sich gewaltsam Zutritt zu Waitz' Zimmer zu verschaffen? Er war verzweifelt wegen seiner Niederlage, ja, aber rechtfertigte das sein aggressives Verhalten gegenüber einem Vorgesetzten? Außerdem hatte Ben versucht, Mulligans Übermacht im Alleingang beizukommen, er hatte sich Testosteronpflaster auf die Hoden geklebt, es war nur dem Zufall zu verdanken, dass er, Ben, nicht aufgeflogen war. Das ganze Team wäre in den Abgrund gerissen worden. Ben verhielt sich regelwidrig, ungehorsam, aufsässig, er war zum Sicherheitsrisiko geworden. Und doch führte im Moment kein Weg an ihm vorbei. Er war der Talentierteste von allen, auch wenn man bedachte, dass Bens systematischer Aufbau zum Spitzenfahrer schon lange vor der verheerenden Niederlage am Nufenenpass begonnen hatte. Man hatte es ihm nie offen gesagt, aber er muss es gemerkt haben. Unzählige Blutabnahmen, Vitaminpräparate, die keine waren, weil sie stark machten, wie kein Vitamin es je könnte, Wachmacher und Müdmacher, Salben und Cremes nach Bedarf. Ben hatte als Teenager schon so viele angeblich gesundheitsfördernde Mittel eingenommen wie sonst nur schwer kranke Jugendliche. Doping im großen Stil war das noch nicht. Aber später wurde es das. Bens Persönlichkeit hat sich mit der Zeit verändert, überlegt Waitz, denn so, wie er sich jetzt präsentiere, ist er nie gewesen. Chronischer Substanzmissbrauch konnte zu Persönlichkeitsveränderungen führen, die als völlig fremd wahrgenommen wurden. Und jetzt sah es so aus, als würde Ben ihm um die Ohren fliegen. Waitz konnte die Spannung, die diese Gedanken in ihm auslösten, kaum ertragen. Es war ihm nicht möglich, Ben als Opfer zu sehen und ihn damit von seiner Schuld zu entlasten. Anderen Leuten war Ähnliches widerfahren, und trotzdem waren sie nicht verrückt geworden. In dieser Nacht entwickelte er eine Abneigung gegen Ben und einen tiefen Groll.

Vor dem Col du Galibier waren zwei Anstiege der höchsten Kategorie zu bewältigen. Hier wurde die Tour entschieden. Am Abend des 21. Juli klopfte Waitz an Bens Hotelzimmertür.

Hans Pollus, der Masseur, den alle nur Polle nannten, hatte gerade seine Arbeit beendet. Waitz brachte sich für eine seiner gefürchteten Reden in Stellung. Sie kamen selten, aber dann, wenn die Fahrer glaubten, auch ohne Zurechtweisungen und beschwörende Ermahnungen gut leben zu können. Ben hatte das schon zweimal erlebt; verheerende Niederlagen hatten zur Entlassung von Fahrern geführt, und Waitz schien die Zelebration seiner vernichtenden Worte zu genießen.

Ach, dachte Ben, das ist mir jetzt egal, so kaputt bin ich. Doch Waitz schaffte es, seinen besten Fahrer zu überraschen. Er setzte sich zu ihm aufs Bett und berührte sanft seinen Arm, wie ein Vater sein krankes Kind.

„Wie geht es dir, Ben", begann er leise. „Ich sehe", er lächelte, „du hattest einen harten Tag. Es war für uns alle ein harter Tag. Ich war gerade bei Witti und Bolte und glaub mir, die sahen auch nicht besser aus als du."

Ben blickte ungläubig in die sanften Augen seines Gegenübers. Ein versöhnlicher Blick und ein sanfter Ton vor dem Hintergrund einer schlechten Leistung, was stimmte hier nicht?

„Ben, ich glaube, wir sollten uns darauf einstellen, dass wir die Tour nicht mehr gewinnen werden. Wir können froh sein, wenn wir noch den einen oder anderen Tagessieg holen, aber die Tour ist verloren. Mulligan ist zu stark und auch die anderen sind uns auf den Fersen. Ich sehe nicht, wie wir sie abschütteln können, jetzt, wo es dir von Tag zu Tag schwerer fällt, das Tempo mitzugehen. Hand aufs Herz, Ben, du weißt so gut wie ich, dass du keinen Stich machst, egal, wie sehr du dich anstrengst, egal, was wir dir geben. Und weil das so ist, sollst du eines wissen: Ich nehme das nicht persönlich, es geht mich nichts an, ob du in deinem Leben noch etwas reißt oder nicht. Das ist deine Sache. Überleg dir einfach, ob du in zwei Jahren noch Rad fahren willst; du könntest auch als Elektriker in deinem Schwarzwalddorf anfangen. Der Beruf des Elektrikers ist aller Ehren wert, das meine ich ernst! Elektriker werden immer und überall gebraucht, aber Radfahrer, die ihre Leistung nicht bringen, wer will die schon? Die Welt ist hart für die, die auf dem Thron sitzen, und eine Eiswüste für die, die nie dorthin kommen. Sieh es doch mal so: Der Alte muss den Olymp verlassen, wenn ein Neuer kommt. Es ist wie mit dem Vieh: Der Hirte brennt ihm das Zeichen auf die Stirn."

Waitz blickte dem schweigenden Ben tief in die Augen.

„Verstehst du, was ich sage, mein Junge? Mulligans Zeichen leuchtet auf deiner Stirn, es ist das Banner seines Sieges und seiner Herrschaft. Und mehr noch: Es ist das Symbol deiner Vernichtung, deines Versagens, es ist das Symbol deiner Lebensschwäche. Du hast versagt, mein Lieber, und nun ist es an der Zeit, das Beste daraus zu machen. Wenn ich dir sage, dass es mir im Grunde egal ist, was aus dir wird, wiederhole ich mich, aber ich tue es gerne. Das Leben ist hart, und es ist noch härter für diejenigen, die nicht wissen, wie man das Beste aus sich macht, die nicht verstehen wollen, dass es nicht nur um den eigenen Arsch geht, sondern um ein größeres Ganzes. Du bist Teil einer großen Idee, Ben, einer Philosophie. Offensichtlich habe ich mich in dir getäuscht. Wir wissen schon lange, dass du nicht in der Lage bist, das Team mental zu führen, aber leider bist du auch nicht in der Lage, es sportlich zu führen."

Ben versuchte leise zu protestieren, doch der Teamchef beruhigte ihn.

„Das ist schon in Ordnung. Wer als Elektriker geboren wird, soll auch als solcher sterben. Man darf sich nicht gegen sein Schicksal stellen. Was mich allerdings betrübt, ist die Tatsache, dass dein Verlierermal nun an uns allen klebt und Mulligan durch deine Untätigkeit von Tag zu Tag an Einfluss gewinnt.

Das ist allein deine Schuld, Ben, das nehme ich dir persönlich übel. Denn wir werden viel Geld verlieren, Prämien für Tagessiege, Sponsorengelder, reiche Gönner, die, selbst als Sieger geboren, sich nicht mit Verlierern abgeben wollen. Es ist wirklich ärgerlich. Schließlich ist das hier kein Schreibtischjob mit Verbeamtung und Kindergeld, wo einem die Türen ewig offen stehen, nein, wir alle müssen uns Tag für Tag neu beweisen. Immer gegen den Wind! Aber was soll's. Die Quintessenz des Ganzen lautet: Fahre wenigstens so, dass uns am Ende dieser Tour nicht auch noch der Hauptsponsor abspringt. Wehe, wenn wir uns deinetwegen einen neuen Arbeitgeber suchen müssen ..."

Während Waitz' Rede waren Ben die Tränen in die Augen geschossen. Die Schuld in seinem Herzen wog tonnenschwer, ein Albtraum war wahr geworden.

„Aber wenn ich es mir recht überlege", sagte Waitz beiläufig, als er schon aufgestanden und zur Tür gegangen war, „werden die meisten von uns wieder einen Job finden, auch wenn es hier nicht klappt. Helfer braucht man überall, Sprinter auch, aber eine Nummer eins, die keine sein kann und anscheinend auch keine sein will, die braucht bestimmt niemand. Also, gute Nacht, Herr Elektriker, schlafen Sie gut. Morgen gibt's eine Menge Lampen zu montieren."

Damit verließ Waitz den Raum und zog leise die Tür hinter sich zu.

25

Eine Zeit lang lag Ben regungslos im Bett. Es war ihm, als hätte sein Herz aufgehört zu schlagen. Mit geschlossenen Augen nahm er wahr, wie sich sein Brustkorb hob und senkte, und seine Glieder fühlten sich unendlich schwer an. Ben suchte nach einer Bewegung in seinen gelähmten Gehirnwindungen, nach einem Impuls, einem Antrieb, aber da war nichts, nur schwarze Leere. Er befand sich in einem Als-ob-Zustand, er war nur noch ein Schatten dessen, was er hätte sein können, was er hätte sein sollen! Wenn Ben aus diesem Zustand erwachen würde, wäre er erschöpfter und niedergeschlagener als je zuvor. Und plötzlich war auch die Angst wieder da, die Schuld und die quälende Scham über sein Versagen. Der Durst brannte in seiner Kehle. Er nahm eine Flasche Wasser aus der Minibar, öffnete sie, setzte sie an die Lippen und trank gierig in großen, tiefen Zügen, bis er den letzten Tropfen ausgetrunken hatte, und für einen Moment war ihm, als schmeckte sein Gaumen frisches Blut. Verstört stellte er die leere Flasche auf den Nachttisch. Noch eine Flasche Wasser, um den Blutgeschmack zu vertreiben.

Eine Flasche lehnte an der Rückwand des Kühlschranks, und als er hineingriff, berührte er das Päckchen, und ein Strom schmerzhafter Vorahnungen durchzuckte ihn. Mit zitternden Fingern griff er nach dem Päckchen und nun nahm alles seinen Lauf: Automatismen verschmolzen zu Handlungsketten, jeder Handgriff hundertfach geübt. Ben sah die gelbe Flüssigkeit die Kanüle hinauffließen, ein seltenes Lächeln huschte über sein Gesicht. Die Nadel bewegte sich auf die Vertiefung zwischen den großen Zehen seines linken Fußes zu. Er spürte den Stich nicht, die Flüssigkeit verschwand und Erleichterung durchflutete sein Herz.

Ben legte sich aufs Bett und schlief sofort ein. Bis zum nächsten Morgen schlief er tief und fest, so gut wie seit seiner Kindheit nicht mehr.

26

Samstag, 23. Juli 2012, neun Uhr morgens. Ben trug sich als einer der Letzten in die Startliste ein. Vor ihm scherzten und lachten einige, als wäre es ein fröhliches Treffen, ein heiterer Ausflug ins Grüne. Solche Albernheiten gab es oft, wenn es hart auf hart kam; Humor ist die beste Art, dem Unvermeidlichen zu begegnen. Aber Ben war nicht zum Scherzen aufgelegt, er war es eigentlich nie. Mitlachen ja, aber selbst Witze machen, das war nicht seine Sache. Mit seinen Teamkollegen pflegte Ben wenig Kontakt, es war schon genug gesagt worden, und an Tagen wie diesen lief es schließlich immer auf das Gleiche hinaus: Fahren, fahren, den Chef den Berg hochziehen, bis es nicht mehr ging, und am Ende musste der Chef alleine weitermachen. Für Wittig und Bolte und die anderen war klar: Ben konnte nicht mehr. Er hatte bereits dreieinhalb Minuten Rückstand auf Mulligan, was einerseits bedeutete, dass sie sich weniger anstrengen mussten, und weniger anstrengen hieß weniger Schmerzen ertragen. Andererseits war es schade, dass Ben nicht mehr aufholen konnte. Es war besser, für einen potentiellen Toursieger zu fahren, nicht nur wegen des Ruhmes, sondern auch wegen des Geldes, der Zukunftsperspektiven...

Das Tempo war zunächst gemächlich, wie es Mulligan vorgegeben hatte. Am Fuße des Col d'Iozard (durchschnittlich 5,9 % Steigung auf 19 Kilometern) zog das Tempo langsam an, die Spreu trennte sich vom Weizen, aber Ben konnte gut mithalten. Anscheinend hatte er heute gute Beine. Dreieinhalb Kilometer vor dem Gipfel ging Guriev vom Team Akaria, ein guter Mann, aber kein Klassementfahrer, so dass die anderen schnell zu ihm aufschlossen. Kurz vor dem Gipfel bildete sich aus zwei Ausreißern eine achtköpfige Spitzengruppe. In der Abfahrt schob sich Ben ein großes Stück Pappe unter das Trikot, um sich vor Wind und Kälte zu schützen. Gemeinsam erreichten sie die Talsohle und alles lief auf den Showdown am Galibier hinaus. Wittig fragte Ben, wie er sich fühle, Ben nickte nur. Mulligan sah wie immer gut aus, während Pellegrini die Erschöpfung ins Gesicht geschrieben stand. Über Carlos' Zustand konnte man nichts sagen, denn er sah immer gleich aus, egal wie es ihm ging.

Vor dem Anstieg zum Galibier hatten sieben weitere Fahrer zur Spitze aufgeschlossen. Ein letztes Mal wurden Flaschen gereicht, Energieriegel verteilt, Kommandos ausgetauscht. Wie am Vortag hatte Mulligan drei Teamkollegen bei sich und damit die beste Ausgangsposition für den Kampf. Den Angriffsbefehl gab er selbst. Wie Perlen auf einer Schnur ging das Team US FedEx mit Mulligan an vierter Position in den Berg hinein. Zweifellos wollte Mulligan heute reinen Tisch machen, eine Vertagung der Entscheidung auf das abschließende Zeitfahren behagte ihm nicht, auch wenn er dieses souverän gewinnen würde.

Noch hingen Wittig, Ben und die anderen Favoriten im Schlepptau des Iren, doch an der ersten Rampe mit 13% Steigung brachen gleich vier Edelhelfer von ihren Vorgesetzten weg. Wenige Meter vor der Rampe konnte Pellegrini nicht mehr. Der Italiener sah gekreuzigt aus. Carlos war ohne Helfer und damit auch verloren. Wittig klebte am Hinterrad von Mascherano, der wiederum eine Position hinter Mulligan fuhr, dann folgte Ben mit seinem gewohnt langsamen, aber kraftvollen Tritt. In einer steilen Rechtskurve zog Mascherano an, Mulligan folgte, dann Johnson. Ben, der zunächst gar nicht mitbekommen hatte, dass vor ihm die Hölle losbrach, folgte mit einem kleinen Rückstand. Nach zweihundert Metern war Mascherano eingeholt und Ben war da, nicht aber Wittig, der jetzt zerbröselte wie ein Sandkuchen. Fast sechs Kilometer fehlten noch bis zum Ziel. Johnson, Mulligan und Ben waren unter sich, ein Traum für die Zuschauer am Straßenrand. In einem Höllentempo näherten sie sich einem frühen Ausreißer, ein anderer hatte noch fünfzig Meter Vorsprung.

An der steilsten Rampe kam Mulligans gefürchteter Antritt. Wie sein eigenes Denkmal stand er plötzlich hoch in den Pedalen und kurbelte, als wäre die Kette in Luft gemalt. Schnell lagen zehn, zwanzig Meter zwischen den Spitzenfahrern, aber Ben blieb seinem Rhythmus treu. Oberhalb der Rampe wurde es etwas flacher und Ben schaltete einen Gang höher. Zunächst blieb der Abstand konstant, dann wurde er merklich kleiner und Ben kam Mulligan immer näher. Als Ben Mulligans Hinterrad erreicht hatte, drehte sich der Führende um. Ungläubiges Staunen sprach aus seiner Körperhaltung. Ben fuhr weiter seinen Rhythmus, und er fuhr ihn gut. Er hatte heute gute Beine, es ging schnell und trotzdem nicht zu schwer. Erstaunlich leicht sogar, fand Ben, während Mulligan jetzt offenbar am Anschlag war. Vier Kilometer vor dem Ziel wurde es wieder flacher, was Ben zum Anlass nahm, noch einmal einen Gang hochzuschalten. Und dann passierte es: Die Stimmen der Kommentatoren überschlugen sich, die Zuschauer gerieten außer Rand und Band, ein einzelner Mann auf einer Wiese kniete nieder und reckte die Arme zum Himmel, andere rannten scheinbar ziellos die Straße hinauf.

Ben brachte Meter um Meter zwischen sich und Mulligan, dann wurde es auch den letzten Zweiflern klar, der Ire war geschlagen, er konnte nicht mehr. Sekunde um Sekunde machte Ben gut, nach einem Kilometer waren es bereits fünfundzwanzig. Noch drei Kilometer bis zum Ziel, nun fuhr auch Ben am Anschlag, aber es war ein Gepard am Anschlag. Als Ben im Ziel die Siegerfaust in den tiefblauen französischen Alpenhimmel reckte, wurde Mulligans Rückstand auf drei Minuten und vierzig Sekunden berechnet.

Am Ende waren es drei Minuten und 35 Sekunden. Eine

halbe Stunde später, um 18.05 Uhr am 23. Juli 2012, lag Mulligans Gelbes Trikot auf den breiten Schultern eines Mannes, der an diesem Tag eine Wiedergeburt titanischen Ausmaßes erlebt hatte. Mit sechs Sekunden Vorsprung in der Gesamtwertung ging Ben in den wohlverdienten Ruhetag.

27

Feierstimmung! Unzählige Hände klopften sich auf stolze Schultern, das Vokabular des höchsten Entzückens wurde bis zur Erschöpfung ausgeschöpft; großartig, unglaublich, unfassbar sei Bens Leistung gewesen, mehr noch, phänomenal, übermenschlich sogar.

Und doch stimmte etwas nicht. Die schwärmerischen Sätze klangen irgendwie hohl, ihnen fehlte das echte, von Herzen kommende Gefühl, das große Worte unvergesslich macht. Der Zweifel stand den Männern ins Gesicht geschrieben. Diese Leistung war nicht normal. Sie war weder natürlich noch mit der Welt, wie sie wirklich ist, vereinbar. Zwischen dem Staunen eines Kindes über eine wunderbare Entdeckung, die dem kleinen Wesen das Geheimnis des Menschseins, ja des Lebens selbst zu offenbaren schien, und den Hochgefühlen, die an diesem Abend die Herzen der Fahrer überfluteten, erhob sich der Unglaube, der existentielle Zweifel, den nichts und niemand ausräumen konnte. Was man heute gesehen hatte, war einfach unmöglich.

Waitz war ungewöhnlich still. Über seinen Augen lagen dunkle Schatten wie nach einem schweren Gewitter. Nach dem Essen bat er Ben in einen Nebenraum, wo die Mannschaftsärzte bereits warteten. Wie Generäle bei einem militärischen Manöver beugten sie sich über ein großes Stück Papier voller Zahlen. Waitz und Ben traten näher. Eine Armbewegung des Chefarztes bedeutete Ben, sich zu setzen. Schon wieder ein Tribunal, dachte Ben, mal sehen, was die wieder zu bemängeln haben.

„490 Watt in 45 Minuten, 25 Watt mehr als Mulligan", sagte einer. „Fünfmal nachgerechnet, keine Frage!"

Waitz meldete sich zu Wort: „Machen wir es kurz, Ben. Was du heute getan hast, ist nicht von dieser Welt. Es gibt nur eine plausible Erklärung. Du hast etwas genommen. Wir alle kennen deinen Behandlungsplan, oder besser gesagt, wir glaubten ihn bis heute Morgen zu kennen. Hast du uns etwas zu sagen?"

Vier glänzende Augenpaare starrten Ben an. Was war nun die richtige Antwort? Wenn er die Wahrheit sagte, gab er zu, die Teamleitung hintergangen zu haben, zwar für einen höheren Zweck, aber sie würden ihn trotzdem nicht glücklich machen und vor allem zwingen, zu verraten, wie er an das Medikament gekommen war. Noch schwerer als der Vertrauensbruch gegenüber seinem Team wog die Tatsache, dass Ben das Versprechen gegenüber seinem unbekannten Gönner würde brechen müssen. Doch wenn Waitz von dem Brief wusste, würde er alles daran setzen, den Verfasser ausfindig zu machen. Dieser würde sich mit Sicherheit zurückziehen und weitere Lieferungen der Wunderdroge würden ausbleiben. Ben hatte keine Ahnung, wie er mit seinem Gönner in Kontakt treten konnte, aber er vertraute darauf, dass dieser sich bei ihm melden würde. Er würde es schon tun, um eine angemessene Entlohnung zu erhalten, er würde sich seine Spende auf Heller und Pfennig auszahlen lassen, wozu sonst die ganze Mühe? Welches Motiv sollte es denn sonst geben, wenn nicht Geld? Ben konnte sich jedenfalls nichts anderes vorstellen und beschloss, auf Zeit zu spielen. Sicher, es würde eine Blutuntersuchung geben, und wahrscheinlich würde man ihm auf die Schliche kommen. Aber wenigstens musste er sein Wort nicht brechen und konnte die Hoffnung aufrechterhalten, dass er mit einer zweiten Dosis auch das letzte Zeitfahren und damit die Tour gewinnen würde. Nur das zählte. Was danach kam, war in diesem Moment unwichtig.

„Ich habe nichts genommen", sagt Ben.

„Papperlapapp", entgegnete Waitz gereizt, „ich glaube dir kein Wort, von Spinat und gelben Rüben fährt man nicht so den Berg hoch. Sag uns verdammt noch mal die Wahrheit!"

„Das ist die Wahrheit. Diesmal habe ich einfach alles gegeben. Mir ist klar geworden, dass es so nicht weitergehen kann. Du hattest recht, als du mich neulich in den Senkel gestellt hast. Ich musste mich zusammenreißen, ich musste meinen Kopf mit meinem Körper in Einklang bringen. Ich habe mich geschunden. Das ist der Schlüssel. Die Schmerzen kann man ausblenden, wenn man sich richtig fokussiert, das große Ziel vor Augen hat. Dann geht es... und ja, es geht wieder, das weiß ich jetzt, die Tour ist nicht verloren. Ich bin stärker als die anderen, ich bin auch stärker als Mulligan".

Waitz und die Ärzte schauten sich skeptisch an.

„Gestern Abend stand ich vor dem Spiegel und plötzlich überkam mich ein ganz großes Gefühl: Ich sah den besten Radfahrer der Welt. Ich wusste, ich kann gewinnen ... Und als ich heute diesen Berg hochgefahren bin, da habe ich mit jedem Tritt, mit jedem Atemzug gespürt, dass ich die Kraft eines Siegers in mir habe, in meinem Kopf, in meiner Lunge, in meinen Beinen. Verdammt, ich habe dieses Rennen aus eigener Kraft gewonnen. Und ich werde es wieder gewinnen, so wahr ich hier stehe".

Bens Rede zeigte Wirkung. Die Ärzte schauten verdutzt, Waitz rollte mit den Augen und Ben wusste selbst nicht so recht, wie ihm geschah. Es war mit Abstand die beste Rede, die er seit Jahren gehalten hatte. Vor allem hatte er es geschafft, sich selbst zu überzeugen. Die Leistung war ihm nicht zu nehmen, er hatte sie vollbracht, daran gab es keinen Zweifel, mit seinem Willen und mit seinem Körper hatte er Großes vollbracht. Natürlich mochte das Mittel geholfen haben, aber ohne die richtige Einstellung, ohne den unbeugsamen Willen eines großen Champions wäre dieser Erfolg dennoch nicht möglich gewesen.

„Und das sollen wir dir jetzt glauben? 490 Watt! Das Höchste, was du je über eine Dreiviertelstunde geschafft hast, waren 470 Watt. Ben, du sagst mir jetzt ..."

Ben unterbrach seinen Teamchef. „Was ich zu sagen habe, wurde bereits gesagt. Ich habe nichts mehr hinzuzufügen."

„Okay, gut, Ben", sagte Waitz, „morgen Abend werden wir es wissen. Wenn der Test positiv ist, ist deine Karriere vorbei. Wir werden nicht auf die B-Probe warten. Zwei Jahre Sperre sind das Mindeste, und danach heißt es Kabel verlegen."

„Ja, morgen werden wir's wissen", sagte Ben und ging erhobenen Hauptes zur Tür hinaus.

28

Die Dopingprobe war negativ. Alle waren glücklich, nur Waitz und die Mannschaftsärzte blieben skeptisch. Sie konnten sich mit dem Ergebnis nicht zufrieden geben, zumal einige Details der Blutanalyse noch nicht vorlagen. Sie kannten die Präparate, die Ben seit Jahren einnahm, sie kannten ihre Wirkungen und Nebenwirkungen, denn all das geschah unter ihrer Aufsicht. Ein Leistungssprung in dieser Größenordnung konnte so nicht zustande kommen, es musste weitere Manipulationen gegeben haben. Das Risiko für das Team war beträchtlich. Was, wenn kumulative Effekte auftraten, Wechselwirkungen der alten Substanzen mit dem neuen Präparat, die später zu positiven Dopingproben führten? Das war wirklich gefährlich, das konnte das ganze System ins Wanken bringen. Es wurde viel telefoniert, mit der Uniklinik Freiburg, mit Hamburg, mit Spanien. Dr. Liebermann kontaktierte seine Verbindungsleute in New York und Los Angeles, die den sich rasant entwickelnden US-Markt im Auge behielten. Diese Kontakte funktionierten gut, schließlich fuhr man seit Jahren ohne Zwischenfälle. Im Klartext: Man war den Dopingjägern immer einen Schritt voraus. Liebermann war zutiefst beunruhigt. Seine Kontakte hatten ihm zu verstehen gegeben, dass sie genauso ratlos waren wie er. Vor allem aber beunruhigte den Arzt das Ergebnis der Blutanalyse, das zwei Tage später im Teamquartier eintraf. Man hatte nichts gefunden. Liebermann rief einige Kollegen vor Ort zu Hilfe, und als auch die keine Erklärung hatten, griff er noch einmal zum Telefon.

Die Heidelberger Gruppe hatte den Befund sofort zur Hand. Man war sich einig, dass Bens aktuelles Blutbild bis auf minimale Verschiebungen einiger Parameter, die sich durch natürliche Tagesschwankungen erklären ließen, mit dem Muster identisch war, das man seit Jahren von ihm kannte. Eine direkte Manipulation der Sauerstoffversorgung durch Erhöhung der Erythrozytenproduktion oder andere zeitaufwändige Methoden zur Stimulation des Gefäß- oder Muskelwachstums waren mit hoher Wahrscheinlichkeit nicht vorgenommen worden.

Bens äußeres Erscheinungsbild hatte sich trotz der Leistungssteigerung nicht verändert. Waitz und Liebermann gingen in ihren Überlegungen einen Schritt weiter und postulierten eine Manipulationsmethode, die die meisten Kollegen für undenkbar hielten, weil die Medizintechnik noch nicht in der

Lage war, das theoretisch Mögliche kontrollierbar und zuverlässig in die Praxis umzusetzen: Gendoping. Konnte es sein, dass ein Durchbruch gelungen war?

Liebermann vermutete, dass Ben stoffwechselmodulierendes Gendoping betrieben hatte, das zu einer Optimierung des Glukosetransports geführt und möglicherweise auch den Protein- und Fettstoffwechsel beeinflusst haben könnte. Ein Kandidat war AICAR, das bei Mäusen die Ausdauerleistungsfähigkeit signifikant steigerte.

Liebermann reiste nach Marseille. In der medizinischen Datenbank der dortigen Universität hoffte er, etwas zu finden, das endlich Licht in die dubiose Angelegenheit bringen könnte.

Doch er kam nicht weit. Auf halbem Weg erreichte ihn ein Anruf von Waitz, der ihn zurückrief. So einen Blödsinn habe er noch nie gehört, ließ der Teamchef wissen, der Mannschaftsarzt sei bei der Mannschaft, Liebermann dürfe nicht die Nerven verlieren, wo käme man denn hin, wenn jeder, den es juckte, sofort das Weite suchte usw. usf. Gegen zwei Uhr morgens war Liebermann wieder im Mannschaftsquartier und erschien pünktlich um sieben Uhr zum Frühstück.

Von der Hektik seiner Vorgesetzten bekam Ben nichts mit. Das einzige, was ihn beschäftigte, war der Gedanke an eine weitere Dosis. In zwei Tagen stand das letzte große Zeitfahren auf dem Programm, fünfzig überwiegend flache Kilometer durch Zentralfrankreich und dann noch einmal 120 Kilometer nach Paris. Wie hieß das noch mal? Magos, Males ... Er kramte den Brief hervor. Mores, Conscientio Mores. Nun, Herr Mores, dachte Ben, dann wird es Zeit, dass Sie sich melden.

Seltsam, wie gut es ihm gelang, Zweifel und Wankelmut von sich fernzuhalten. Von Angst oder Unsicherheit war jedenfalls nichts zu spüren. Die Flachetappe verlief ohne besondere Vorkommnisse, Stürze kurz vor dem Ziel wurden klaglos hingenommen, solange sie nicht zu ernsthaften Verletzungen führten und keinen der Favoriten für die Gesamtwertung betrafen. Ben telefonierte nach Hause, nahm weiter Glückwünsche entgegen und gab sich gut gelaunt.

Zur Vorbereitung des Zeitfahrens hatten sie ihr Quartier am Stadtrand von Tours bezogen, die Zeitfahrmaschinen wurden vorbereitet. Ben schaute den Mechanikern über die Schulter, war aber nicht wirklich bei der Sache. Er suchte nach etwas Ungewöhnlichem in seiner Umgebung, etwas, das auf eine Nachricht seines Gönners hindeuten könnte.

Langsam wurde es Zeit.

29

Ben ging spazieren. Das Telefon klingelte. Ben nestelte an seiner Handytasche und erwischte in der Eile die falsche Taste, das Gespräch war weg. Er warf das Handy zur Seite, besann sich, nahm es wieder auf und rief zurück. Hatte Mores Waitz kontaktiert? Was, wenn er das Wundermittel jetzt zum Verkauf anbot? Ben musste es herausfinden.

Am Telefon brüllte der Teamchef: „Wo zum Teufel steckst du, Ben, wir haben Teambesprechung! Morgen ist Zeitfahren. Ich will, dass du sofort kommst!"

Ben hatte die Teambesprechung völlig vergessen. Waitz schimpfte weiter und Ben drückte den Aus-Knopf. Endlich Ruhe.

Und die Stille war so wohltuend. Ein paar Vögel zwitscherten, Blätter raschelten im leichten Wind, hier und da knackte ein Ast, aber sonst war alles still und wunderbar friedlich, eine Idylle wie für ihn gemacht.

Da sah Ben in der Ferne eine Gestalt auf sich zukommen. Es war ein Junge, höchstens zehn Jahre alt. Er trug eine kurze Jeanshose und ein gelbes T-Shirt, dazu eine gelb-rot gestreifte Baseballkappe, die ihm tief ins Gesicht gezogen war. In der Hand hielt er einen Kiefernzweig und noch etwas Weißes, Flaches, das wie ein Brief aussah. Ben ging demonstrativ langsam auf den Jungen zu, der vorsichtig unter der Mütze hervorblinzelte.

„Monsieur Abraham?"

„Ja, ja, das bin ich", sagte Ben hektisch, „ich bin Abraham."

Der Junge sagte etwas auf Französisch und hielt Ben den Brief hin. Es stand kein Absender drauf.

„Von wem ist er? Wer hat ihn dir gegeben?"

Der Junge sah Ben verständnislos an.

„Wer hat ihn dir gegeben, habe ich gefragt?"

Der Junge zuckte mit den Achseln. Das Naheliegende kam Ben nicht in den Sinn. Er verlor die Beherrschung.

„Wer hat dir den Brief gegeben?", brüllte er, worauf der Junge entsetzt zurückwich.

„Je ne sais pas, je n'en sais rien", schrie er, und endlich verstand Ben – der Junge konnte kein Deutsch. Ben versuchte es mit Französisch, aber das reichte keine drei Worte weit. In diesem Moment bedauerte er bitter, dass er es in all den Jahren nie für nötig befunden hatte, die Sprache der Nation, auf deren Straßen die bedeutendste Radrundfahrt der Welt ausgetragen wurde, wenigstens in Grundzügen zu erlernen.

Enttäuscht über sich selbst packte Ben den Jungen an den Schultern und schüttelte ihn so heftig, dass dem armen Kerl die Kinnlade herunterklappte.

„Verdammt, ich muss wissen, wer dir den Brief gegeben hat! Ich muss ... Ich muss ..."

In diesem Moment verlor der Junge das Gleichgewicht und fiel rücklings zu Boden. Ein Geräusch, als würde ein kleiner

Ast brechen, und als der Junge sich wieder aufrichtete, hielt er sich weinend den Arm. Im nächsten Augenblick war er verschwunden. Vögel zwitscherten, Blätter raschelten im Wind und ein Arsenal von Flüchen entfernte sich. Con, salaud, branleur, minable.

Selbst wenn Ben diese Worte verstanden hätte: Es hätte ihn nicht gestört. Er hatte nur noch Augen für den Brief.

30

Mein lieber, guter Herr Abraham!

erlauben Sie mir, mich auf diesem Wege nach Ihrem Befinden zu erkundigen. Lassen Sie mich raten ... es ist viel passiert in den letzten Tagen. Aber im Großen und Ganzen war es gar nicht so schlecht. Ihr Husarenritt auf den Galibier ... herzlichen Glückwunsch! Das war eine durch und durch heilsame Erfahrung, nicht wahr, nach allem, was Sie durchmachen mussten, diese hässlichen Niederlagen, diese Schmach! Jetzt sind Sie wieder obenauf. Ich freue mich für Sie.

Aber bedenken Sie eines: Kein Sieg der Welt ist frei vom Makel der Vergänglichkeit; auf den Höhepunkt folgt zwangsläufig der Abstieg. Ich weiß das, Sie wissen das.

Wie geht es weiter?

In der Ferne sehen Sie einen Kirchturm. Er gehört zur Kirche in der Rue du Chevalier. Im Kirchgarten ist ein Friedhof. Dort liegt ein Mann namens Louis Destin begraben. Seine Witwe hat ihm heute Morgen ein frisches Blumengesteck gebracht. Greifen Sie hinein!

PS: Zerbrechen Sie sich nicht den Kopf über die Motive meines Handelns. Sie werden es zu gegebener Zeit erfahren.

Und noch etwas: Erweisen Sie Herrn Destin die letzte Ehre. Spre-

chen Sie ein Gebet für ihn. Er wird es zu schätzen wissen.

31

Mittwoch, 27. Juli 2012, 14.01 Uhr. Ben verlässt als Letzter die Startrampe. Drei Minuten vorher war Mulligan gestartet. Beide Kontrahenten kamen gut durch, beide mit unglaublichen Zeiten. Wer war der Bessere? Wir ahnen es schon. Nach der Hälfte der Strecke hatte Ben eine knappe Minute Vorsprung, im Ziel waren es zwei Minuten und vierundzwanzig Sekunden. Er gewann die Tour mit zweieinhalb Minuten Vorsprung.

Nach diesem Triumph wurde Ben im Land herumgereicht wie der Pokal nach dem Gewinn der Fußballweltmeisterschaft. Man wollte ihn sehen, hören, schmecken, berühren, mit Haut und Haaren besitzen, Ben war zum Objekt der Sinnlichkeit geworden. Er genoss es. Öffentlichkeit bedeutete, Hauptdarsteller auf einer Bühne zu sein, vor einem Millionenpublikum, das täglich auf der Suche nach dem Superstar war. Ben war zu einer dominierenden Figur in Werbespots geworden, zunächst, wie bei Sportlern üblich, für Getränke und Nahrungsergänzungsmittel, dann für Autos, Elektroartikel und vieles mehr. Im Frühjahr 2013 war Ben zusammen mit Federer und Messi in einem Werbespot für eine Fluggesellschaft zu sehen. Das war die Liga, in der er jetzt spielte. Ben scheffelte Millionen, er wusste nicht wohin mit dem Geld. Zwei neue Sponsoren waren im Winter beim Team Germatel eingestiegen, ein Lebensmittelkonzern und ein Ölmagnat aus Russland. Letzterer stand im Ruf, für seine Zwecke dubiose Mittel einzusetzen, aber das störte niemanden, zumal der Mann sich der Unterstützung des russischen Präsidenten sicher sein konnte. Böse Zungen behaupteten, Team Germatel sei zu den Russen übergelaufen, ferngesteuert von einem lupenreinen Demokraten.

Doch Ben fühlte sich niemandem verpflichtet. Er fühlte sich gut, alles lief wunderbar.

Im Winter ging er viel aus und lernte, was bei einem Prominenten seines Kalibers nicht verwunderlich war, eine ganze Reihe attraktiver Frauen kennen. Er hatte nie den Ruf eines Frauenhelden gehabt, dazu war er einfach zu schüchtern und zu spröde im Umgang. Aber jetzt hatte er die Wahl, und er traf eine Wahl. Das Mädchen hieß Laura, war zweiundzwanzig Jahre alt, kastilisch-deutscher Abstammung und bildhübsch. Es traf sich gut, dass er sie noch am ersten Abend ihres Kennenlernens mit in sein neues Chalet nach Liechtenstein nehmen konnte, ein Domizil in unmittelbarer Nähe des Fürstenpalastes mit herrlichem Blick auf den Rhein und die Schweizer Voralpen. Ben hatte es vor kurzem von einem amerikanischen Geschäftsmann erworben, der sich in diesen Tagen aus familiären Gründen, wie es hieß, aus Liechtenstein zurückzog und deshalb Haus und Grundstück zum Verkauf anbot. Bei der Abwicklung des Geschäfts waren einige wichtige Leute beteiligt. Ben kannte die Hintergründe nicht, aber das war auch nicht nötig, denn dafür war sein Management zuständig.

Ben hatte keine Vorliebe für einen bestimmten Baustil, und so passte ihm das Haus genau so, wie es war: amerikanisch und vor allem geräumig. Er ließ den bereits eingerichteten Trainingsraum renovieren und umgestalten. Der Raum wurde luftdicht gemacht und eine Anlage zur Regelung der Sauerstoffsättigung eingebaut, ideal für ein Wintertraining unter optimalen Bedingungen. Der Rest blieb fast unverändert. Ben hatte das gesamte Mobiliar seines Vorgängers übernommen, weil es ihm einfach passend erschien. Antike Möbel sind schön, dachte er, und sie boten ein angemessenes Ambiente für seine zahlreichen Trophäen. Die Pokale fanden ihren Platz in der Eingangshalle und im Wohnzimmer, aber seine gelben Trikots – sie bekamen einen ganz besonderen Aufbewahrungsort: das Schlafzimmer. Dort hingen sie nun am Kopfende des Bettes, mitten an der Wand – dort, wo sonst die Kruzifixe hängen – in einer geraden Linie vor einer Reihe dimmbarer LED-Spots. In die Bettwäsche hatte Ben fluoreszierende Kopien seiner Trikots einnähen lassen, in jedes seiner zehn Sets eines. Überall hingen kleine und große Spiegel. Der größte aber, ein gigantischer Rundspiegel mit zwei Meter fünfzig Durchmesser, hing an der Decke. Das war gut, denn so konnte er, ohne den Kopf heben zu müssen, vor dem Einschlafen seine Trikots betrachten.

Es ist anzunehmen, dass Laura bei ihrer ersten intimen Begegnung sehr beeindruckt war. Was für eine tolle Beleuchtung und all die Spiegel ... ein wirklich frecher Junge, dem das alles gehörte. Was auch immer er tat, der Kerl wusste, was er tat, ein Prachtkerl!

Arme Laura. Woher sollte sie auch wissen, was Ben in jener ersten Nacht wirklich bewegte, als er mit hoch erhobenem Kopf voller Inbrunst dem Kopfende des Bettes entgegenhechelte.

Laura war einfach zu glücklich, um etwas zu wissen.

32

In den folgenden Monaten sah Laura ihren Freund kaum. Sie mag sich das eine oder andere Mal beklagt haben, aber Sportlerfrauen müssen mit der Abwesenheit ihrer Männer zurechtkommen – eine der Grundregeln in der Beziehung mit Superstars, wie Waitz sagt. Immerhin verfügte Laura über beträchtliche Ressourcen, die es ihr ermöglichten, ihre Einsamkeit mit vielen fröhlichen Momenten zu kompensieren. Sie traf sich mit anderen Fahrerfrauen, und sie klagten sich gegenseitig ihr Leid. Aber die Traurigkeit währte nie lange. Schließlich hatten alle durch ihre alles in allem sehr vorteilhafte Partnerwahl ein erhebliches Maß an Lebenstüchtigkeit bewiesen. Ablenkung hieß das Zauberwort. Die Frauen gingen gemeinsam shoppen und vergnügten sich auf unzähligen Partys. Das war schon in Ordnung, dachte Laura, zumal Ben sie freundlich behandelte. Fürs Heiraten war es noch zu früh, fand sie, schließlich waren sie erst seit drei Monaten ein Paar. Trotzdem musste sie darüber nachdenken. Und das umso mehr, als der gesunde Menschenverstand sie nach einem merkwürdigen Vorfall eigentlich eines Besseren hätte belehren müssen.

Sie hatten ein gemeinsames Wochenende in ihrem Chalet verbracht und es sich gerade auf dem Sofa bequem gemacht, als Ben ein Geräusch hörte. Es kam aus dem Garten. Ben öffnete die Schiebetür zur Terrasse und trat hinaus. Unten streifte eine Katze durch das Gebüsch. Ben atmete die kühle Frühlingsluft ein, murmelte etwas Unverständliches und ging zurück ins Haus. Auf die Frage, was denn passiert sei, antwortete er: „Wirst schon sehen, Schatz", und stieg die Treppe hinauf. Drei Minuten später hörte Laura einen lauten Knall, der sie vom Sofa aufschrecken ließ. Das Geräusch kam aus dem Schlafzimmer. Laura rannte nach oben und fand Ben mit einem Luftgewehr im Anschlag am Fenster hocken. Er drehte sich um und grinste. Laura war fassungslos.

„Was hast du getan?", rief sie entsetzt und rannte zum Fenster. In ihrem weitläufigen Garten sah sie zwischen der Pagode und dem Teich eine Katze humpeln. Das verletzte Bein zuckte. Die Katze lief ein paar Meter und hüpfte plötzlich im Kreis, das lahme Bein hinter sich herziehend. „Mensch, Ben!", schrie Laura, „was soll denn das?"

Ben sah die Katze unter einer Tanne verschwinden. „Was ist denn, Laura?", fragte Ben verständnislos. „Sie lebt noch, in ein paar Stunden ist sie wieder die Alte."

33

Im Frühling begann die neue Saison. Die Zeit der relativen Ruhe war vorbei, das Training wurde intensiviert und Ben war völlig außer Form. Am Berg war sein Trainingsrückstand besonders groß. Seine Leistungen lagen im Rahmen dessen, was man zu Beginn der Saison von ihm gewohnt war, aber sie passten nicht zu den außergewöhnlichen Ergebnissen des letzten Sommers. Bereits vier Wochen nach Ende der Tour verzichtete Ben auf die Teilnahme an der Vuelta de España und später auch auf die Zeitfahrweltmeisterschaft. Seiner Popularität tat das keinen Abbruch, aber in der Teamleitung rumorte es weiter. Fast 500 Watt über 45 Minuten bei der Tour 2012, vier Wochen später nur noch 420? Klar, die Tour war vorbei, warum sich jetzt noch wie ein Esel quälen? Sollen die Ärzte doch denken, was sie wollen, mag sich Ben gedacht haben. Und Waitz? Der war schließlich zufrieden, wenn die Tour gut gelaufen war, und das war sie.

Doch nach einem völlig verkorksten Trainingslager im März konnte sich Ben die Frage nicht verkneifen, wann er denn endlich in Form käme. Ben reagierte mürrisch und abweisend, ein Verhalten, das er sich seit dem Triumph im vergangenen Sommer öfter zu zeigen traute.

„Das wird schon", brummte er, „du wirst schon sehen."

Waitz wirkte nicht minder missmutig. Aus seiner Sicht hatte Bens Fehlverhalten eine neue Dimension erreicht. Wir haben eine Diva geschaffen, dachte er, ein Sternchen, das nur für sich selbst leuchtet. Es war seltsam. Ben war nie erfolgreicher gewesen, er hatte alle Chancen auf seiner Seite. Die ganze Welt hatte davon geträumt, und doch konnte Waitz sich einer dumpfen Ahnung nicht erwehren, die ihn zur Vorsicht mahnte. Vorsicht wovor? Bens Ansehen im Team war beträchtlich gestiegen, jeder Sieg bedeutete für ihn einen Machtzuwachs, gleichzeitig schwand Waitz' Einfluss. Und Waitz war kein Mann, der sich mit Machtverlusten arrangierte, auch dann nicht, wenn die Zurückstellung eigener Interessen einem größeren Ganzen gedient hätte. Der Teamchef und sein Schützling entfremdeten sich immer mehr voneinander, und Waitz fiel es zunehmend schwer, wirksame Gegenmaßnahmen zu ergreifen. So wurde der Konflikt zwischen persönlichen Bedürfnissen und beruflichen Anforderungen von Tag zu Tag größer. Was konnte und wollte Waitz tun? Weit und breit gab es niemanden wie Ben, und sein Erfolg als Teamleiter war eng mit Bens Schicksal verknüpft. Doch das Verhalten des Jungen war unerträglich, Ben war ein Ausbund an Ungehorsam und Widerspenstigkeit geworden. Es kam so weit, dass Waitz Bens Gegenwart nicht mehr ertrug. Er wollte ihn nicht mehr sehen. Stattdessen kümmerte er sich um andere Fahrer, die wegen Ben vernachlässigt worden waren. Er wies seine Fahrer an, sich um Ben zu „kümmern" und so viel Zeit wie möglich mit ihm zu verbringen. Die Quelle, aus der Ben sein Wundermittel schöpfte, musste unbedingt gefunden und zum Wohle aller eingesetzt werden. Sobald Bens Geheimnis gelüftet war, würde sich Waitz gezielt nach anderen Talenten mit Siegchancen umsehen. Und obendrein wäre er in der angenehmen Lage, mit einem dicken Trumpf in der Tasche lukrative Verhandlungen mit anderen Rennställen führen zu können.

Da war etwas für ihn drin, das spürte Waitz deutlich. Wenn er Bens Geheimnis lüftete, hatte er es in der Hand. Und wenn es nicht so lief, wie er sich das vorstellte, würde er den Jungen einfach auffliegen lassen. Ein anonymer Hinweis an die UCI im richtigen Moment, und die Ära Abraham wäre vorbei.

34

Mit drei Toursiegen im Rücken fühlte sich Ben stark genug, seinen Rennkalender selbst zu bestimmen. Er rechnete mit heftigem Widerstand von Waitz und den Teamärzten und freute sich umso mehr, als dieser geringer ausfiel als erwartet. Alle hielten sich zurück und auch die Öffentlichkeit schwieg, zumal sie im Frühjahr an Hiobsbotschaften im Zusammenhang mit Trainingsrückständen gewöhnt war. So hatte Ben zum ersten Mal in seiner Radsportkarriere das Gefühl, frei über sich verfügen zu können. Das Leben machte Spaß, er genoss es in vollen Zügen, und Laura spielte dabei eine wichtige Rolle.

Ben trainierte täglich mehrere Stunden, so dass er sich formal nichts vorzuwerfen hatte. Im Vergleich zu seinen engsten Konkurrenten litt jedoch die Intensität und aufgrund des engen Zeitplans mit Sponsoren, Medien und nicht zuletzt Laura auch die Erholungsphasen. Mangels Rennpraxis merkte Ben zunächst nicht, wie weit er schon zurückgefallen war, und auch drei Kilo Übergewicht und der vorletzte Platz auf der Trainingsstrecke am Berg, wo Anfang April der Frühlingsenzian blau blühende Inseln ins karge Wintergrau zauberte, dienten ihm nicht als Warnung. Conscientio Mores, der geheimnisvolle Beschützer, würde Ben bestimmt nicht im Stich lassen. Nicht, wenn es darauf ankam. Erst im Juli kam es darauf an. Ben durfte jedes Rennen verlieren, nur nicht das im Juli. So viel war klar.

Vor dem Hintergrund der schwachen Leistung am Feldberg hielt Ben es dennoch für angebracht, dem Rat der Teamärzte zu folgen. So gab es am diesjährigen Medikationsplan nichts zu rütteln. Die Ärzte wussten, was richtig war, und Ben würde tun, was sie sagten, es sei denn, Mores schlug eine Alternative vor.

Immer öfter musste Ben an Mores denken, und trotz aller Selbstbeschwichtigungen keimten Zweifel in ihm auf. Was, wenn Mores sich nicht meldete? Was, wenn ihm etwas zugestoßen war? Eine Kontaktaufnahme seinerseits war nicht möglich, es gab keine Adresse, keine Telefonnummer, keine Mittelsmänner, keine Brücke zu Mores. Der Mann war ein Phantom, ein Schatten, der jeden Tag länger zu werden schien, eine Erinnerung. Wenn Ben doch nur reden könnte, sich jemandem öffnen, nur einem Menschen! Aber Mores hatte es ihm bei Strafe verboten. Und so ging Ben dem Risiko aus dem Weg, und der Schatten wuchs weiter, langsam und stetig und unaufhaltsam kroch er unter die Haut und ins Innere, wo er sich wie ein Krebsgeschwür ausbreitete, bis es keinen Winkel und keine Ecke mehr gab, die er nicht verdunkelte.

Am 16. April 2013 betrank sich Ben so sehr, dass er am nächsten Tag nicht aus dem Bett kam. Er meldete sich krank, es folgte die Erschöpfung des Gelegenheitstrinkers nach dem

Exzess. Zum Höhentraining auf Teneriffa kam Ben zwei Tage zu spät.

35

Ben traf Polle in der Wartehalle des Flughafens von Teneriffa. Er freute sich, ein bekanntes Gesicht zu sehen und war erleichtert, dass die Verspätung auf dem Weg ins Trainingslager kein Problem war. Ob es ihm wieder besser gehe, wollte Polle wissen, und auch das nur beiläufig. Ben bejahte, und man unterhielt sich über das fantastische Klima der Insel und die lockere Lebensart der Bewohner. Ja, die Kanaren waren schon etwas Besonderes. Hier würde Ben für eine Weile abschalten und neue Kräfte für die Lösung der anstehenden Probleme mobilisieren können.

Abends war Teambesprechung. Waitz ging auf die Trainingspläne ein und mahnte zur strikten Einhaltung. Am Ende der Trainingswoche stehe ein Bergzeitfahren auf dem Programm und er erwarte, dass die Fahrer an ihre Grenzen gehen. Aus den Ergebnissen des Zeitfahrens würde man Rückschlüsse auf den Leistungsstand ziehen und Modifikationen für die Vorbereitung auf die großen Rennen ableiten. Ben nahm den Trainingsplan kommentarlos entgegen. Er wusste schon, was er zu tun hatte. Dass das Ausbleiben einer Disziplinarstrafe (die bei solchen Vertragsbrüchen die Regel war) eine tiefere Bedeutung für das Gesamtgefüge des Teams und Bens Rolle als Leitfigur haben könnte, entging ihm völlig. Vielmehr überkam ihn eine kindliche Freude darüber, dass er verschont geblieben war, und es dauerte nicht lange, bis in ihm eine tiefe Genugtuung darüber wuchs, dass Waitz' Autorität bröckelte und er nicht mehr in der Lage war, über Bens Belange zu bestimmen.

Doch so einfach war die Sache nicht. Waitz war niemand, dem man ein X für ein U vormachen konnte. Er war der Überlebende eines gnadenlosen Systems, ein kompromissloser Kämpfer, immer auf der Hut, wenn es ans Eingemachte ging, ein Junge von großer Willenskraft und Durchsetzungsvermögen, wie ihn ein Lehrer einmal beschrieben hatte. Waitz war ein Mann mit Tiefgang. Er hatte feste Überzeugungen. Er war ein Anhänger der philosophischen Ideen von Thomas Hobbes und wurde nicht müde, dessen Menschenbild als das einzig Wahre zu predigen. Und er stand immer zu seinem Wort. Dazu kam seine Intelligenz und Weltgewandtheit, die Waitz zu einem zähen Gegner machten, mit dem es schwer umzugehen war, vor allem, wenn man wie Ben nicht einmal ahnte, dass man ihn zum Gegner hatte.

Waitz hatte es sich in den Kopf gesetzt, herauszufinden, wo, wie und von wem Ben die Droge bekommen hatte. Dazu überwand er seinen Widerwillen und suchte Bens Nähe. Er umwarb ihn, warb um sein Vertrauen, was Ben, längst Opfer seiner eigenen Verblendung, mit Unterwerfung gleichsetzte. So saß Waitz schließlich am längeren Hebel.

Am Pico del Teide war Ben besser als am Feldberg, aber es lief immer noch nicht rund. Wittig war deutlich besser in Form und zu allem Überfluss teilte Bolte dem Teamchef im Vertrauen mit, dass er nicht voll gefahren sei, um Ben am Schlussanstieg nicht zu entmutigen. Das Ergebnis stellte niemanden zufrieden, aber Waitz nutzte es. Er war sich nun sicher, dass Ben zu diesem Zeitpunkt clean war oder – was der Wahrheit näher kam – unter der Kontrolle des Teamarztes fuhr.

Wäre er im Besitz seines Wundermittels gewesen, hätte Ben davon Gebrauch gemacht, und sei es nur, um Waitz' Autorität zu untergraben, indem er den Teamchef vor der Mannschaft bloßstellte. Für Waitz war Ben leicht einzuschätzen. Er war kein Taktiker, er war seinem Vorgesetzten in Sachen taktischer Intelligenz und Schläue bei weitem nicht ebenbürtig. Ben konnte nicht schneller sein, weil ihm einfach die Mittel dazu fehlten. Das war die Wahrheit.

Von nun an würde alles seinen gewohnten Gang gehen. Das Trainingsprogramm würde den Gegebenheiten angepasst werden, ebenso die medizinischen Eingriffe zur Leistungssteigerung. Und Waitz konnte in aller Ruhe abwarten, wie sich die Schlinge um Bens Hals immer enger zuzog.

Auf dem Rückflug war von den Fahrern kaum etwas zu hören. Einige waren eingeschlafen, andere blickten sehnsüchtig aus dem Fenster, als hielten die Wolkenkissen, über denen sie schwebten, Antworten auf die Grundfragen ihres Lebens bereit. Auch Ben war auf der Suche, und es dauerte nicht lange, bis er die Antwort auf seine Lebensfrage fand: Mores, Mores, Mooores!

36

Auf dem Tisch dampfte Bens Lieblingsgericht: Rehrücken in Rotweinsoße mit Spätzle und Rosenkohl. Alles war angerichtet, und als sie das Knacken des Haustürschlosses hörte, freute sich Laura über Bens Punktlandung. Er trottete ins Wohnzimmer, sah Laura und das Essen und lächelte. Laura tanzte wie ein Rehkitz um den Tisch. Ein hellgrünes seidenes Trägerkleid umhüllte ihren schlanken Körper, ihre Augen funkelten, und der feuchte Schimmer auf ihren Lippen erinnerte an einen Sommerregen auf trockener Wüstenerde. Doch Ben nahm von all dem kaum Notiz. Die Strapazen des Trainings und der langen Heimreise seien nicht spurlos an ihm vorübergegangen, er sei müde, erklärte Ben mit wenigen Worten seine lustlose Vorstellung. Und doch freute er sich über die schöne Überraschung.

Laura schien sich damit zufrieden zu geben, zu sehr war sie mit ihrer eigenen Leistung beschäftigt, zu sehr brannte der Wunsch in ihrem Herzen, sich die Freude an diesem Moment nicht verderben zu lassen.

„Komm, lass uns essen", sagte sie und küsste Ben auf die Stirn.

Langsam besserte sich Bens Stimmung und er begann, Fragen zu stellen. Was Laura in seiner Abwesenheit gemacht habe, wollte er wissen, wie es mit ihrer Malerei vorangehe und ob sie mit dem Stillleben fertig geworden sei.

„Nach dem Essen zeige ich dir alles", sagte Laura, „ich habe noch ein paar Details hinzugefügt. Und übrigens: Wir haben eine Einladung vom Bürgermeister von Vaduz für den dritten Mai." Sie öffnete eine Schublade und zog einen Brief heraus. „Hier steht: Zum Jahrestag der Gründung der Grafschaft Vaduz. Wir sollten die Einladung annehmen, da lernt man sicher interessante Leute kennen!"

„Der dritte Mai ist mitten in der Saison, das geht nicht", antwortete Ben wie aus heiterem Himmel, „aber du kannst hingehen. Vielleicht kriegst du eine Medaille."

Der Affront saß. Laura schmollte und schwieg. Ben merkte, dass er zu weit gegangen war, und entschuldigte sich, aber unecht wie ein Kind, das auf eine milde Strafe hoffte. Laura sah Ben in die Augen.

„Ich wollte dir noch etwas sagen, Ben. Letzte Woche war Frau Brunner bei mir, du weißt schon, die Frau aus dem gelben Haus in der Bardenstraße. Sie wollte wissen, ob ich ihre Katze gesehen habe und ..."

„Ach, du schon wieder mit der Katze", unterbrach Ben seine Freundin schroff. „Lass mich mit diesem Kram in Ruhe. Ich habe wirklich Wichtigeres zu tun, als nach dem Getier anderer Leute zu suchen."

„Aber das ist doch die Katze, auf die du geschossen hast! Die Beschreibung passt doch genau. Sie hat gehumpelt, weißt du nicht mehr?"

Bens Gesicht wurde puterrot. „Na und? Die wird sich erholt haben, wahrscheinlich beißt sie gerade einem Vogel den Kopf ab. Ich kann doch nichts dafür, wenn jemand seine blöde Katze nicht wiederfindet!"

Doch damit nicht genug.

„Du hast keine Ahnung, wie die Welt funktioniert, du verwöhntes kleines Ding. Nur einen Tag an meiner Stelle und du würdest heulen wie ein Baby, das sag ich dir. Das Leben ist hart und verdammt erbarmungslos. Fressen und gefressen werden! Hast du schon mal davon gehört? So ist es, ob du's glaubst oder nicht."

So ging es noch eine ganze Weile weiter. Die Servierplatte mit dem Rehrücken überlebte Bens Wutausbruch ebenso wenig wie eine ungünstig platzierte Blumenvase, die in der Scheibe eines liebevoll restaurierten Geschirrschranks landete, den Laura zwischen Wohnzimmer und Küche aufgestellt hatte. Als Ben seine Arbeit beendet hatte, griff er zum Telefon und wählte die Nummer der Putzfrau. Sie soll aufräumen, dachte er, dafür wird sie schließlich bezahlt.

Er nahm den Autoschlüssel vom Sideboard und zog sich Straßenschuhe an.

„Ich gehe jetzt. Vor morgen früh bin ich nicht zurück."

Laura sah mit feuchten Augen zu, wie die Tür ins Schloss fiel.

37

Es war halb neun Uhr abends. Ben lenkte seinen gelben Ferrari über die Rheinbrücke in die Schweiz. Nur ein bisschen durch die Gegend fahren und die Seele baumeln lassen, dachte er. Dann kam ihm die Idee, nach Deutschland zu fahren. Ohne Tempolimit könnte er es richtig krachen lassen, mal wieder richtig Gas geben. Also auf nach Deutschland. Auf dem Weg nach Norden fiel ihm noch etwas Besseres ein. Zürich. Nur eine gute Stunde und er hätte die Stadt mit dem besten Nachtleben der Schweiz erreicht. Nachtleben, das war es, was Ben suchte.

In Zürich suchte er den Club Diagonal auf, in dem er Mitglied war. Ein paar Longdrinks und gut gelauntes Personal versprachen eine entspannte Partynacht. Drei Stunden später fand sich Ben im Adagio wieder. Er saß in einer mit feucht glänzendem Wildleder bezogenen Sitzecke, eine Belle de Nuit flankierte ihn links, eine rechts, eine weitere posierte auf dem Sofa ihm gegenüber. Vergessen war der Streit mit Laura, vergessen das verkorkste Trainingslager, vergessen das Geschwätz der Teamkollegen und der lästige Konflikt mit Waitz.

Selbst Mores Schatten verblasste ein wenig im grellen Scheinwerferlicht der Disco, und das Flüstern des inneren Mahners, das sich für immer in Bens Ohren festgesetzt zu haben schien, war unter den hämmernden Rhythmen der Nacht unhörbar geworden. Plötzlich sehnte sich Ben nach Laura. Er rief sie an. Sie war noch wach. Er entschuldigte sich und es klang glaubwürdig.

„Willst du nicht mitkommen, Laura, die Nacht ist noch jung, lass uns Spaß haben. Wir übernachten in Zürich, was meinst du?" Laura zögerte, immerhin hatte sie gut eineinhalb Stunden Fahrt vor sich, aber Ben schlug ihr vor, ein Taxi zu nehmen.

Schließlich willigte sie ein.

Gegen zwei Uhr morgens betrat Laura das Adagio. Der Türsteher wies ihr den Weg, und als sie Ben sah, traute sie ihren Augen nicht. Da saß ihr Freund, fröhlich wie ein Kind und sichtlich entzückt, zwischen zwei Blondinen und einer Brünetten, die gerade dabei war, ihm einen Strohhalm in den Mund zu stecken. Ben lachte und prustete, die Mädchen kicherten und Laura stand wie versteinert da. In ihrem Kopf herrschte Leere, eine Leere, die es ihr unmöglich machte zu begreifen, was hier vor sich ging, dass dies kein Traum, keine Einbildung war.

Endlich fiel Bens Blick auf Laura, die immer noch wie angewurzelt dastand.

„Hey Laura", rief er jetzt, „komm doch her, setz dich zu uns. Wir haben hier Spaß, richtig Spaß. Warst du schon mal tanzen, komm, mach dich locker, Mädchen."

Laura war wie in Trance.

„Darf ich vorstellen, das ist Isabelle aus Spanien, viva España, haha." Ben wischte sich über den Mund, auf dem ein feiner Speichelfaden silbern glänzte. „Und das ist Lena. Und dann haben wir noch ... Moment, wie war dein Name?"

Die Angesprochene lachte nur.

Lauras Gesicht war wie aus Granit. Sie drehte sich langsam um.

„Nein, warte", rief Ben, „geh nicht weg!"

Laura blieb stehen. Sie konnte nicht glauben, dass sie dieser unverschämten Aufforderung nachgekommen war. Warum nur spielte sie dieses Theater mit? Sie konnte es sich nicht erklären. Sie beschloss zu bleiben und es auszuhalten, weil sie wissen wollte, wie weit Ben noch gehen würde. Und tatsächlich, das Spiel war noch nicht zu Ende.

„Jetzt komm her, setz dich, entspann dich, rede mit uns. Wir sind gerade an einem sehr anregenden Punkt angelangt, das kann ich dir sagen." Bens Brust schwoll merklich an, sein Gesicht nahm den rührseligen, großspurigen Ausdruck eines Römers nach einer siegreichen Schlacht an. Dann begann er zu kichern.

„Wir haben uns über Möglichkeiten unterhalten", fuhr er fort, „wie die drei Damen hier mir Gutes tun könnten ...", und er fügte mit einer bedeutungsvollen Geste hinzu: „das würden sie nämlich gerne tun". Dann, mit einem Blick auf Laura: „Vielleicht möchtest du deine Erfahrung mit ihnen teilen, das würde sicher helfen ... du könntest sie anleiten und ihnen zeigen, wie man es macht, denn keine kann es besser als du."

Die Mädchen kicherten hysterisch und Ben hielt sich für außerordentlich witzig. Wusste er, was er tat? War er sich seines Zynismus bewusst? Wir müssen die Antwort schuldig bleiben. Sicher ist nur, dass Ben sich an diesem Abend im Übermaß über sich selbst amüsierte und dafür dreifachen Applaus erhielt. Für Lauras Gefühle war da kein Platz. Sie hatte genug. Sie rannte vor die Tür und lief, von Weinkrämpfen geschüttelt, in die Nacht hinaus.

38

Im Mai begann der Giro d'Italia. Mulligan hatte nicht gemeldet und Ben war froh darüber. Die Marschrichtung des Teams war klar. Auf den Flachetappen sollten alle für Bolte fahren. Auch Ben war gefordert, Bolte zu unterstützen, und er hatte sich vorgenommen, dies nach Kräften zu tun. Es ging aber vor allem darum, die Tempohärte für das Zeitfahren aufzubauen. In den Bergen würde man dann sehen.

Auf der zweiten Etappe hatte Bolte bereits eine Siegchance.

Es klappte zwar nicht ganz, aber er bedankte sich artig bei Ben. Der nahm den Dank gerne an, auch in der Hoffnung, dass sich damit die schlechte Stimmung im Team wieder bessern würde. Als Bolte schließlich eine Etappe gewann, war der Frieden wiederhergestellt. Die Stimmung im Team war hervorragend und auch Waitz schien durch den schönen Erfolg besänftigt. Wenn man es genau nimmt, war der Teamchef schon seit einiger Zeit verträglicher geworden. Ben war dankbar dafür, über die Gründe für die Beißhemmung seines Vorgesetzten blieb er im Unklaren.

Nach dem Abendessen hielt Waitz eine ungewöhnlich lange Rede. Nach einer halben Stunde sah es so aus, als hätte er gerade erst die Einleitung beendet, was bei den Zuhörern zu Unmutsäußerungen führte, den Redner aber nur in seinem Vorhaben zu bestärken schien, das heute Erreichte in höchste Höhen zu heben. Wer außer Waitz konnte ahnen, was sich hinter den Kulissen abspielte? Dass Paolo von der Putzkolonne gerade dabei war, Bens Schränke, Schubladen und Taschen bis hin zum Kühlschrank gründlich zu durchsuchen.

Ben dachte an das bevorstehende Zeitfahren. Er hatte mit den Ärzten vereinbart, es zunächst ohne Bluttransfusion zu versuchen. Es ging darum, einen Anhaltspunkt für Bens Leistungsfähigkeit zu bekommen. Wenn sie schlecht war, würde er eine Erkältung vorschieben, denn das war die Erklärung, die die Öffentlichkeit immer für schlechte Leistungen akzeptierte. Den Abend vor dem Zeitfahren verbrachte Ben mit seinen Kollegen. Er war angespannt, die ganze Vorbereitung stand auf dem Prüfstand.

Die Fahrer sahen sich gemeinsam einen Actionfilm an. Ben war überhaupt nicht bei der Sache. Mores ... wenn Ben doch nur etwas hören würde! Doch Mores blieb stumm. Unter seinen Teamkollegen fühlte sich Ben einsamer denn je.

Im Mannschaftszeitfahren belegte das Team Germatel den fünften Platz. Waitz war nicht gerade begeistert, nahm aber mit Genugtuung zur Kenntnis, dass Ben keine Impulse hatte setzen können. Es blieb dabei, das Denkmal bröckelte. Die Gesetze der Physik galten für alle und für jeden, so war es jetzt und so würde es immer sein.

Die Ärzte wurden angewiesen, sich umgehend um Bens Blutkonserve zu kümmern. In der Folge lief es für Ben besser, an zwei Bergen konnte er den Rückstand in Grenzen halten. Bei der dritten Bergetappe stieg Ben aber völlig entkräftet vom Rad. Er hatte sich genug gequält.

39

Laura packte ihre Koffer im Morgengrauen. Sie war entschlossen, dieser Groteske ein Ende zu setzen. Sie hatte es nicht nötig, so behandelt zu werden. Ben hatte kein Recht dazu, niemand hatte das Recht dazu. Sie rief eine Freundin an, und in fünf Minuten war alles vorbei. Bei Lorena würde sie für eine Weile unterkommen. Sie nahm sich vor, ihren Eltern und ihrem Bruder zu erzählen, was passiert war. Sicher würden alle ihr raten, sich zu trennen. Laura war jung und sehr hübsch, das wusste sie, lüsterne Männeraugen bestätigten es ihr Tag für Tag. Ein Ersatz für Ben würde sich leicht finden lassen. Und die Chancen standen gut, dass er wesentlich netter sein würde.

Ben war sich der Tragweite von Lauras Verschwinden nicht bewusst. Nach dem Giro würde das Team in die Schweiz reisen, zur Generalprobe für die Tour de France. Bis dahin hieß es weiter trainieren und keine Fehler machen. Anfangs vermisste er Laura kaum. Doch dann wurde er nachdenklich. Er war den ganzen Tag unter Menschen. Aber abends, kurz vor dem Schlafengehen, überkam ihn manchmal ein Gefühl der Einsamkeit. Das war nicht schön. Ben überlegte, ob er Nachforschungen über Lauras Verbleib anstellen sollte, denn sie hatte weder angerufen noch eine schriftliche Nachricht hinterlassen. Im Team wusste man nichts, Lauras Eltern schieden als Informationsquelle aus. Schließlich beschloss er, die Sache erst einmal auf sich beruhen zu lassen.

Am achten Juni war er in Freiburg. Dort startete in diesem Jahr die Tour de Suisse. Ben fühlte sich dieser Stadt verbunden, sie war ihm nach dem Umzug der Familie aus Ostdeutschland zur Heimat geworden, ein Ort der Geborgenheit. Er besuchte den schmutzigen Innenhof ihrer alten Wohnung in der Lorettostraße, wo im Sommer die Wäschespinnen wie Pilze aus dem Rasen schossen, bewunderte den unglaublich knorrigen Apfelbaum, der steinharte, aber einzigartig leckere Äpfel trug, und den großen Fliederbusch, der in lauen Frühlingsnächten einen betörenden Duft von Süße und Lebensfreude verströmte.

An diesem Ort legte sich ein Schatten auf Bens Erinnerung. Mores Schatten.

Ben kletterte auf die Startrampe. Sein Herz pochte laut, das Blut rauschte in seinen Ohren. Wie würde es heute laufen? Er musste unbedingt ein gutes Ergebnis erzielen. Mores! Und wieder der Gedanke an das Ende der Etappe. Mores!

Ben hat sich gut geschlagen. Im Laufe der Woche wurde er immer stärker. Am Ende reichte es für den dritten Platz. Nicht schlechter als in den vergangenen Jahren, aber nicht genug für einen, der gewinnen muss. Ben fühlte sich verpflichtet, einen Schuldigen für zwanzig Sekunden Rückstand zu suchen. Auf der letzten Etappe bezichtigte er Wittig, der mit zehn Sekunden Rückstand auf Ben Vierter in der Gesamtwertung geworden war, der Illoyalität. Er habe ihm am Gotthard nicht geholfen, sondern sei auf eigene Rechnung gefahren. Und da habe er, Ben, die zwanzig Sekunden verloren usw. usf.

Wittig hörte sich das an und wandte sich sofort an Waitz.

Der rief die Streithähne zu sich und warb um Versöhnung: unaufgeregt, schlicht und effizient, ohne Partei zu ergreifen. Wittig beruhigte sich bald, aber Ben witterte eine Verschwörung, weil der Gegner weder Reue noch Buße zeigte, und blieb unerbittlich.

Von nun an wechselte Ben kein Wort mehr mit Waitz. Es war mehr als genug gesagt worden. Inzwischen hatte Waitz den Befehl gegeben, Ben den Dienst auf der Tour zu verweigern, sollte er sich noch einmal daneben benehmen.

Wittig war nun stark genug, um Ben abzulösen.

40

Am Tag nach dem Ende der Tour de Suisse kam Laura zurück. Die Versöhnung glich einem indianischen Opferfest, und es flossen Tränen des Glücks. Rote und weiße Rosen schmückten den riesigen Esstisch, in dessen Mitte ein diamantbesetzter Ring in einer blauen Schmuckschatulle im bunten Schatten des Blumendachs glänzte. Ben fiel vor Laura auf die Knie und bat schluchzend um Verzeihung. Wie die Mutter Gottes saß sie vor ihm, wiegte seinen Kopf in ihren Händen und segnete ihn mit sanften Blicken. Es war eine Inszenierung von märchenhafter Zauberkraft, die alle Kränkungen und Verletzungen ungeschehen machte.

Laura war zu Ben zurückgekehrt, er hatte sie vermisst, und

sie hatte ihm vergeben. Jetzt gehörte er ihr mehr denn je, denn um seiner und ihrer Liebe willen hatte sie sich entäußert und vergeben. Und Ben wusste es. Nie wieder würde er ihr so etwas Schreckliches antun, nie wieder.

Als sie sich liebten, war sie im siebten Himmel.

41

„Wenn nur dieser verdammte Mulligan nicht wäre. Ich bräuchte Mores nicht. Ich bin stark genug. Ich halte den Rest des Feldes in Schach, ich kann noch viele Male gewinnen. Hinault, Merckx, Indurain ... ich ... ich bin der König des Radsports." Ben verzog den Mund zu einem bitteren Lächeln. Früher hatten sie ihm das bestätigt, Waitz, das Team, die Medien, heute taten sie es nicht mehr; wer, wenn nicht er, hatte das Zeug dazu, die Ruhmeshalle des Radsports neu zu ordnen? Wem, wenn nicht ihm, gebührte der Platz des Jupiters? Er hatte die letzte Tour gewonnen. Warum wurde ihm nun die Unterstützung entzogen? Hatten die Journalisten nichts Besseres zu tun, als ständig nach Skandalen zu suchen? Doping und nochmals Doping, als ob es keine anderen Themen gäbe! Dabei wussten sie es längst, sie mussten es wissen. Wissenschaftler veröffentlichten Bücher über Doping im Leistungssport, es waren Hunderte, aber anscheinend glaubte ihnen niemand. Seltsam, fand Ben. Er war weder Wissenschaftler noch Lehrer, und doch hatte er das Schulwissen seiner Zeit nie in Frage gestellt. Die Welt war keine Scheibe, die Evolution eine Tatsache und Autos würden nicht auf der Erde fahren, wenn es keine Schwerkraft gäbe. Diese Dinge nahmen die Menschen als gegeben hin, nicht aber, dass ein Mensch nicht eine Stunde lang fünfhundert Watt Leistung erbringen konnte. Ben profitierte von der Naivität der Menschen, er hatte keinen Grund, sich zu beklagen, wenn sie an ihm zweifelten, denn im Grunde zweifelte er selbst an sich. Wichtig war nur, dass dieser Zweifel nicht die Oberhand über sein Denken und Handeln gewann. Er durfte nicht zulassen, dass Willensschwäche und Wankelmut sein gewaltiges Potenzial erstickten. Und er durfte sich von niemandem in die Quere kommen lassen, nicht von einem Wissenschaftler, nicht von einem Journalisten, nicht von Waitz oder Wittig und auch nicht von Laura. Das dachte Ben mit Vernunft und Klarheit, aber der widerliche Gedanke ließ sich nicht vertreiben: Wenn nur dieser verdammte Mulligan nicht wäre.

42

Zwei Tage vor Beginn der Tour de France, auf einer Flachetappe irgendwo in Frankreich: Das Peloton ist schnell, die Fahrer liegen wie an einer Perlenschnur aufgereiht im Wind. Das Peloton erreicht ein Waldstück, aus dem eine kleine Kuppe herausragt, dreißig Meter vielleicht. Das Feld rast darüber hinweg. Ben atmet schwer, es geht so schnell, er nähert sich dem Hügel und kurbelt – aber er kommt nicht hoch. Es ist wie im Hamsterrad, der Hamster tritt und der Boden rollt mit. Ganz anders ergeht es Bens Konkurrenten. Einer nach dem anderen fliegt über den Hügel und Ben bekommt es mit der Angst zu tun. Das ist nicht normal. Ben sieht sich hilfesuchend um. In den Baumwipfeln sitzen große Vögel mit langen, gewundenen Schnäbeln, wahrscheinlich Adler oder Geier, ganz sicher aber Greifvögel. Ein leises Flattern geht durch ihre Flügel. Ben kneift die Augen zusammen, um besser sehen zu können. Er muss herausfinden, warum es so viele sind. Wie ein Heer von Indianerkriegern säumen sie die Baumwipfel. Einer breitet seine Flügel aus, ein lautes Kreischen ertönt. Unheimlich und schaurig klingt es, das Kriegsgeschrei der Indianervögel. Ben vergisst fast, in die Pedale zu treten. Ein plötzlicher, stechender Schmerz im Bein erinnert ihn an seine Aufgabe. Reflexartig greift er nach unten und ertastet eine offene Wunde, die nicht groß ist, aber höllisch wehtut. Eine Wunde? Aber wo? Sekunden später weiß er es, denn soeben hat sich ein feuerroter Hitzestrahl millimeterweit an seinem Bein vorbei in den Boden gebohrt. Ben reißt die Augen auf und blickt in die glühenden Augen eines Vogels. Ein anderer Vogel sitzt daneben und noch einer und noch einer und alle haben glühende, feuerrote Augen, die wie geschliffene Rubine aus dunkel gefiederten Vogelköpfen blitzen. Ben gerät in Panik, tritt so schnell er kann und hat plötzlich Mulligan vor sich. Beide Fahrer jagen gemeinsam Hügel hinauf, keiner kommt oben an. Endlich lichtet sich der Wald in der Ferne, bald ist alles kahl und grau, nur Geröll und Steine.

Die Geier sind aufgestiegen. In Schwärmen folgen sie den Fahrern. Ben kurbelt und kurbelt, dann hört er höhnisches Gelächter. Er richtet sich auf, jetzt ist er auf gleicher Höhe mit Mulligan, ein Bild des Schreckens zeichnet sich ab. Feiste Mäuseaugen blitzen lachend aus dem Kopf, der eben noch dem Iren gehörte. Ben schaut augenblicklich weg. Er lässt sich zurückfallen, schüttelt den Kopf, aber das Bild des Grauens will nicht weichen. Es gibt keinen Zweifel. Er hat einen Mäusekopf auf einem Menschenkörper gesehen.

Der Schatten breiter Schwingen liegt am Himmel. Ben spürt einen Schubs von hinten, jemand schiebt ihn an, er ahnt, wer es ist, und schon ist er ganz nah an seinem Vordermann. Wie ein Hammer kracht Bens Vogelschädel in Mulligans Hinterrad, der spitze Schnabel zerschneidet den Reifen, Mulligan schlingert.

Kreischen durchschneidet die glasklare Luft. Es ist das Signal für den Vogelschwarm, sich auf den fallenden Iren zu stürzen. Wie vom Wahnsinn getrieben hacken die Vögel auf den Körper ein, ein Blutfest, nichts als ein paar wehende Fleischstücke bleiben übrig. Das Rad des Gefallenen rollt noch ein wenig weiter, es rollt in lustigen Kurven auf einen Abgrund zu, und dann sieht man es nicht mehr.

Der Aufprall war dumpf und dunkel. Ben fand sich neben dem Bett auf dem Boden wieder. Er tastete die Aufprallstelle an der Schulter ab und wischte sich die schweißnasse Stirn. Seine Hand strich über den Nasenrücken. Die Nase war noch da, dem Himmel sei's gedankt.

43

Samstag, 05. Juli 2013, Aufwärmen für den Prolog der Tour de France.

„Hey Ben", rief Wittig, während er sein Rad auf die Startrampe schob, „alles klar bei dir?" Ben blickte auf den Lenker und nickte.

„Alles klar", sagte er wie zu sich selbst, dachte aber, dass überhaupt nichts klar war. Der schreckliche Traum gab ihm Rätsel auf. Wenn er nur wüsste, was er zu bedeuten hatte. Träume hatten einen verborgenen Sinn, sie enthielten Botschaften, das wusste er, und vielleicht enthielt dieser einen Hinweis auf Mores Verbleib. Ben fürchtete, ihm würde schlecht werden. Er vermutete, dass es nichts mit dem Traum zu tun hatte, es war bestimmt eine Magenvergiftung. Jemand hat das Kalbfleisch vergiftet, das gestern Abend so seltsam geschmeckt hat. Sie wollen mich umbringen, dachte er und korrigierte sich. Sie wollen mich nicht töten, aber sie wollen mich vernichten, ich soll in der Versenkung verschwinden, wie Waitz gesagt hat. Waitz ist sowieso der Schlimmste von allen, wenn ich vom Rad falle, freut er sich als erster, Wittig und Bolte sind genauso, alles falsche Hunde. Die wollen mich unbedingt ablösen. An den anderen Geier will ich gar nicht denken. Dem ist alles egal. Der braucht mich nicht mal zu vergiften. Schluck dein Zeug, Mulligan, das reicht!

Bei diesen Gedanken wollte Ben am liebsten kotzen. Er stieg vom Fahrrad und rannte zur Toilette. Vor dem Spiegel blieb er stehen und wischte sich den Schweiß aus dem Gesicht. Ein krampfartiges Zucken der Nackenmuskulatur, ein Ruck und eine Drehung um die eigene Achse, die Toilettentür schwang zurück. Wer war das? Mulligan? Witti? Nein, es musste ein Schatten gewesen sein, Mores Schatten! Ben rannte zur Tür. Eine Gruppe von Menschen hatte sich versammelt, Fahrer, Reporter, Unbekannte. Wer von ihnen war es?

Ich greife mir einen, der da drüben mit der Baskenmütze, der muss es sein, Mores, gib mir endlich, was mir gehört! Der Impuls, den Mann zu packen, war schnell verflogen. Es war äußerst unwahrscheinlich, dass Ben Mores auf diese planlose Weise fassen konnte. Das Phantom hatte kein Gesicht, Ben hatte den Mann nie gesehen. Seine Unfähigkeit, in Worte zu fassen, was in ihm vorging, quälte ihn, Mores' beharrliches Schweigen ließ Ben Tag für Tag verzweifeln, Mores' Abwesenheit ließ ihn schmerzlich spüren, dass das Wissen um die Existenz eines Retters nichts wert war, wenn dieser im Verborgenen blieb und tatenlos zusah, wie er, Ben, vor die Hunde ging.

Besser, Mores wäre nie aufgetaucht!

Am Abend nach dem Prolog dachte Ben daran, aus der Tour auszusteigen. Er rief seinen Bruder an. Der riet ihm, sich zusammenzureißen. Eine enttäuschende Antwort, die ihm jeder hätte geben können. Von seinem Bruder musste er mehr erwarten.

„Da musst du durch", sagte der Bruder weiter, „das schaffst du schon! Du wirst sehen, in drei Wochen stehst du wieder ganz oben auf dem Siegertreppchen und der ganze Mist ist vergessen". Durchhalteparolen und leere Beschwörungen, vage Hoffnungen auf bessere Tage. Was hätte der gute Thilo auch anderes sagen sollen? Niemand wusste, was in Ben vorging, und Ben war nicht bereit, sich anderen mitzuteilen.

Nach dem Telefonat öffnete Ben den Kühlschrank und wühlte in der Medikamentenschachtel.

„Alles Mist", rief er, stellte die Schachtel zurück in den Schrank und trottete aus dem Zimmer. Vor Waitz' Büro blieb er stehen und klopfte. Keine Antwort. Entmutigt machte Ben kehrt und legte sich auf das Bett.

„Na gut", flüsterte er im Halbschlaf, „morgen hänge ich noch eine Etappe dran. Aufhören kann ich ja noch."

44

Sonntag, 06. Juli 2013, zweite Etappe. Das Team hatte Bolte hervorragend in Position gebracht, und er fuhr großartig. Sieg für das Team Germatel in Tours! Nach der guten Platzierung am Vortag war das ein Auftakt nach Maß. Die Stimmung im Team war so gut, dass Ben seine Ausstiegspläne bis auf weiteres auf Eis legte. Unter diesen Umständen wollte er nicht der Spielverderber sein. Vielleicht konnte aus dieser Tour ja doch noch etwas werden. Ben erinnerte sich an die Worte seiner Mutter, die er schon tausendmal gehört hatte und die er nie akzeptieren konnte: „Weißt du", hatte sie immer gesagt, wenn er traurig war, „was Scarlett O'Hara sagte, wenn es irgendwo eng wurde? Morgen ist auch noch ein Tag. Dann hatte Mama den Arm von seiner Schulter genommen, sich zu ihm an den Tisch gesetzt und ihm ausführlich erklärt, was sie damit meinte. Ben hatte es immer noch nicht verstanden. Ein Buch mit tausend Seiten zu lesen kam für ihn nicht in Frage, wer das tat, war von allen guten Geistern verlassen. Ben war stolz darauf, seinen Überzeugungen treu geblieben zu sein.

An diesem sechsten Juli bekam der Satz „Morgen ist auch noch ein Tag" eine besondere Bedeutung, denn der erste kräftige Anstieg rüttelte sein in die Kindheit zurückgefallenes Bewusstsein schlagartig wach. Ben war froh, dass es keine Attacke gab, er wusste, er wäre sang- und klanglos untergegangen. Und von Mores keine Spur.

Am Abend bat Ben Dr. Liebermann um ein Schlafmittel. Der zögerte mit der Begründung, dass die meisten Mittel auf der Dopingliste stünden und zudem seine Leistung nicht fördern würden. Ob er wenigstens ein Beruhigungsmittel bekommen könne? Der Arzt verneinte.

Auf Bens Bitte hin, ihm etwas Gesellschaft zu leisten, begleitete Liebermann Ben auf sein Zimmer. Sie unterhielten sich über Belanglosigkeiten. Liebermann hielt es nicht für sinnvoll, Bens Renntaktik noch einmal durchzugehen. Sie hatten es oft genug getan und Ben wusste längst, was zu tun war. Die Blutkonserven standen bereit, und sie würden sie benutzen, wenn es nötig war. Liebermann erzählte Ben eine Geschichte aus seiner Studienzeit, dass in der Universitätsbibliothek viele Bücher gestohlen wurden, besonders wenn wichtige Prüfungen anstanden. Wer nicht bereit war, in der Bibliothek Wache zu stehen, war verloren, das rettende Internet war damals noch nicht erfunden. Es gab einige wenige, die viel Geld und damit immer genügend Lehrbücher zur Verfügung hatten, und einer von ihnen, Paul Baltes, heute Professor für Radiologie in Tübingen, verdiente sich mit dem Handel von Lehrbüchern ein erkleckliches Zubrot. Clever sei er gewesen, dieser Baltes, und Liebermann habe ihn dafür immer bewundert.

So redete Liebermann noch eine ganze Weile, und Ben gefiel es so gut, dass er schließlich müde wurde.

„Manchmal geht's auch ohne", dachte Liebermann erleichtert und zog die Zimmertür des bereits schlafenden Ben hinter sich zu.

45

Liebermann war dem Teamchef gegenüber berichtspflichtig. Dass Abraham um eine Schlaftablette gebeten hatte, war spätestens dann ein meldepflichtiger Vorgang, wenn die Anweisung ergangen war, alle Aktivitäten des Radstars zu beobachten. Liebermann erwartete Waitz wie vereinbart am Morgen des 17. Juli gegen sechs Uhr dreißig vor der Eingangstür des Mannschaftsquartiers. Doch Waitz kam nicht. Liebermann erfuhr, dass er das Haus in aller Frühe verlassen hatte, was Polle nur zufällig wusste, weil sie sich auf dem Flur begegnet waren. Er habe einen dringenden Termin, hatte Waitz dem Masseur zugerufen.

Ob Polle wüsste, wann Waitz zurückkäme? Polle wusste es nicht, fügte aber hinzu, dass er bei Waitz eine große Anspannung wahrgenommen habe.

Den Grund für die plötzliche Abwesenheit seines Vorgesetzten erfuhr Liebermann am nächsten Tag. Waitz hatte einen Anruf aus der Marketingabteilung des Hauptsponsors erhalten; zur Klärung einiger Grundsatzfragen sei ein außerplanmäßiges Sponsorentreffen einberufen worden, an dem er, Waitz, teilnehmen müsse.

Das Treffen fand am Stadtrand von Lyon statt, an einem eher unscheinbaren Ort fernab der großen Prestigehotels, was Waitz während der Fahrt zu denken gab. Vielleicht waren die großen Hotels ausgebucht, wahrscheinlicher war, dass man das Treffen nicht an die große Glocke hängen wollte. Die Presse raushalten. Warum? Normalerweise scheuten sie die Öffentlichkeit nicht, es sei denn ... es war etwas Außergewöhnliches passiert, etwas, das die Existenz des Teams berührte. Waitz spürte ein Unbehagen in der Magengegend, sein Mund war trocken. Er beschloss, sein Unbehagen mit lauter Musik zu betäuben. Eine alte Queen-CD im Handschuhfach kam ihm gerade recht.

Eine halbe Stunde später war Waitz am Ziel. Sein Herz klopfte, als er die Stufen zum Hotel du Dauphin hinaufstieg. Man wies ihn an, im Foyer Platz zu nehmen. Einige Männer sprachen Russisch, was Waitz' Unbehagen noch verstärkte.

Ich kann nicht glauben, wie nervös ich bin, und das nach all den Jahren, dachte Waitz, empört über die Schwäche, die er sich unter keinen Umständen eingestehen wollte. Er ging zur Toilette. Später, im Foyer, sprach ihn ein junger Mann an. „Bitte, Herr Waitz", sagte er in akzentfreiem Deutsch, „Sie werden erwartet. Folgen Sie mir."

Waitz zögerte, als der Mann ihm bedeutete, zum Ausgang zu gehen, wo ein Taxi mit offener Tür auf ihn wartete. „Bitte steigen Sie ein", sagte der Mann freundlich, doch für Waitz klangen die Worte bedrohlich. Waitz stieg ein, die Fahrt führte ans andere Ende der Stadt, vor die Tore einer herrschaftlichen Villa. Ein Angestellter holte den Teamleiter am Eingang ab.

Als Waitz die Eingangshalle des Herrenhauses betrat, stockte ihm der Atem. Der Saal war acht Meter lang und fast ebenso breit und ringsum mit einer zweieinhalb Meter hohen Holzvertäfelung versehen. Die Motive waren sowohl christlichen als auch islamischen Ursprungs. Szenen aus dem Alten Testament reihten sich an Gemälde arabischer Herrschergestalten aus Jahrtausenden Kulturgeschichte, dazwischen literarische Motive und Fabelwesen aller Art und Form, den Motiven schien eine höhere Ordnung zu fehlen, und doch war für das schweifende Auge des Betrachters alles in einem wunderbaren, magischen Fluss, surreal und anziehend. Vierzehn Holztüren, von denen Waitz zunächst nicht wusste, ob es sich um Trompe-l'œils oder echte Türen handelte, fügten sich in die Strukturen der Wandverkleidung ein. In der Mitte des Saales erstreckte sich eine riesige runde Tafel, die ebenfalls mit unzähligen Höhepunkten kulturellen Schaffens geschmückt war. Überwältigt steuerte Waitz auf den ihm zugewiesenen Platz am Tisch zu.

„Guten Tag, Herr Waitz", sagte der Mann am Kopfende des Tisches auf Französisch. „Ich freue mich, dass Sie kommen konnten. Bitte machen Sie es sich bequem."

Der Hausherr wartete, bis Waitz Platz genommen hatte. Mit einer Handbewegung bedeutete er dem jungen Mann, mit dem Waitz gekommen war, ins Deutsche zu übersetzen.

„Ich nehme an, Sie hatten noch nie das Vergnügen, an einem Ort wie diesem zu sein?"

Waitz stimmte zu und sagte mit tiefer Stimme: „... dieser Raum ... ist einfach unglaublich".

„Ja, das ist er in der Tat", antwortete der Hausherr. „Das Haus ist ein Erbe meines Großvaters. Er hat es zu Repräsentationszwecken und zu seiner geistigen Erbauung einrichten lassen. Dieser Raum ist eine Nachbildung des Zimmers von

Aleppo".

Waitz' fragender Blick offenbarte eine Bildungslücke. Man bot ihm an, ihn nach der Sitzung, die nun beginnen sollte, ausführlich über die Geheimnisse und Schönheiten dieses Raumes und seiner Geschichte zu informieren.

Der Gastgeber übergab das Wort an den rothaarigen Mann zu seiner Linken.

„Meine Herren, als Vertreter des Hauptsponsors von Team Germatel begrüße ich Sie sehr herzlich. Mein besonderer Gruß gilt dem Mann zu meiner Rechten, Herrn Najib Mansur Al Kashi, der im Namen einer wichtigen Interessengruppe aus Usbekistan mit uns verhandelt. Herr Al Kashi wird Ihnen nun einen Einblick in die Details einer möglichen Zusammenarbeit geben".

Der Referent hieß Dr. Schmidt. Waitz kannte ihn von früheren Begegnungen, er war eine wichtige Figur in der Öffentlichkeitsarbeit der Germatel und hatte den Ruf eines knallharten Geschäftsmannes. Wenn Schmidt den usbekischen Herrn umwarb, musste das einen ganz besonderen Grund haben. Natürlich ging es um viel Geld.

Waitz verstand, dass die Karten für das Team heute neu gemischt wurden, und er ahnte, dass er viel Klugheit und Umsicht brauchen würde, um den Aufenthalt in diesem Raum, der sich von einem Moment auf den anderen in eine Löwengrube verwandeln konnte, unbeschadet zu überstehen.

Alle blickten erwartungsvoll auf den Usbeken. Al Kashi war klein und von schmaler Statur und fiel, abgesehen von seiner Kleidung, nur durch eine für Asiaten ungewöhnlich kurze und breite, aber gerade Nase auf. Er trug ein knöchellanges weißes Hemd, eine mit einem reich verzierten Izzar gebundene Pumphose und einen reich verzierten orientalischen Überwurf, der edel und pompös wirkte, als stamme er aus einem arabischen Königshaus. Auf dem kurz geschnittenen, vollen schwarzen Haar saß eine Kappe mit allerlei Stickereien und zwei wellenförmigen Goldborten, die, wie Waitz dachte, sicher aus echtem Gold gewirkt waren. Al Kashi hielt sich nicht lange mit dem Austausch von Höflichkeiten auf. Waitz war angenehm überrascht, denn er hatte eine lange, blumige Einleitung erwartet.

„Die Regierung der Republik Usbekistan erwägt, in den Profiradsport einzusteigen. Wir glauben, dass das Team Germatel gute Voraussetzungen für unseren Einstieg bietet. Germatel ist ein professionell geführtes Team mit guten Fahrern, das keine negativen Schlagzeilen macht".

Al Kashi, der leise gesprochen hatte, ohne auch nur einmal aufzublicken, hob langsam den Kopf und zeigte sein scharf geschnittenes Gesicht.

Er hat die Augen einer Katze, dachte Waitz unwillkürlich, als er dem Mann ins Gesicht sah. Tatsächlich waren es Augen von hypnotischer Schönheit und gefährlicher Macht.

„Wir haben uns intensiv mit den Gepflogenheiten Ihres schönen Sports beschäftigt. Wir wissen, dass große Leistungen starke Persönlichkeiten erfordern. Wir wollen, dass dieses Team den besten Fahrer seiner Zeit hat, wir werden uns nicht mit dem Zweitbesten zufrieden geben. Wir haben den Willen und die Mittel, den Besten zu finden. Er soll dem Team und allen, die das Team repräsentieren, zur Ehre gereichen!

Nach einer kurzen Pause fügte er hinzu:

„Mit Herrn Abraham haben Sie eine Persönlichkeit in Ihren Reihen, die in der Lage ist, große Titel zu gewinnen. Wir erwarten, dass er das auch weiterhin tut. Sollte dies nicht der Fall sein, müssen wir uns nach einer Alternative umsehen. Im Vorgriff auf diese Möglichkeit möchte ich Sie bitten", wandte er sich an Dr. Schmidt, „mit unserem großen usbekischen Nachwuchstalent Oleg Istomin in Verhandlungen zu treten. Auf ihm ruhen die Radsporthoffnungen unserer ganzen Nation.

Der Angesprochene zuckte zusammen. Er hatte nicht damit gerechnet, so plötzlich ins Zentrum des Geschehens gerückt zu werden. Sein überrascht unterwürfiger Gesichtsausdruck verriet, dass er in die Defensive geraten war.

„Oleg Istomin, natürlich, Herr Al Kashi", sagte er hastig und warf Waitz einen Blick zu, der nichts weniger als die Aufforderung enthielt, sich auf der Stelle Gedanken darüber zu machen, an wessen Stelle Istomin demnächst treten sollte.

„Herr Istomin kann vorläufig als Assistent für Herrn Abraham fahren", sagte Al Kashi, „solange er seine Leistung bringt." Der Katzenblick des Usbeken blieb an Waitz haften. „In Ihre Hände hat Germatel die Verantwortung für die sportliche Leitung des Teams gelegt, und in Ihren Händen soll sie auch bleiben. Sorgen Sie dafür, dass die Fahrer die Leistung bringen, die wir von ihnen erwarten, und sorgen Sie dafür, dass dies diskret geschieht."

Plötzlich wusste Waitz, dass Germatel nicht mehr das Schicksal des Teams bestimmte. Er begriff, dass die Usbeken nach ihren eigenen Regeln spielten und Niederlagen unter keinen Umständen dulden würden. Sich ihren Entscheidungen zu widersetzen oder Ausreden für schlechte Leistungen zu finden, wäre zwecklos, man würde sich damit nur selbst schaden. Bei dieser Erkenntnis wurde Waitz plötzlich blass, Schweißperlen standen auf seiner Stirn und er betete, dass ihn niemand sehen möge. Doch den Katzenaugen entging nichts.

„Herr Waitz fühlt sich nicht wohl", sagte Al Kashi zu dem Diener an seiner Seite, „bring ihm bitte ein feuchtes Tuch."

Auch Schmidt war angegriffen.

Das Schweigen während der Abwesenheit des Dieners war ärgerlich. Schmidt hielt es nicht aus, er glaubte, etwas tun zu müssen – ein guter Witz als Spannungslöser wirkte manchmal Wunder.

Und so rief Dr. Schmidt jovial in die Runde: „Aber, Herr Waitz, wenn das Trikot von Abraham am Ende der Tour die gleiche Farbe hat wie Ihr Gesicht jetzt, dann soll es uns allen recht sein!"

Niemand lachte. Es gab nichts zu lachen. Schmidt war dabei, sich zu demontieren, und Waitz hoffte, dass er zur Hölle fuhr, dieser verdammte Schwätzer. Trotzdem war Waitz dankbar für die Bemerkung. Sie rückte ihn aus dem Fokus der Aufmerksamkeit. Die Bühne war frei für die Hinrichtung eines anderen.

Und tatsächlich, die Katze belohnte Schmidt mit dem Ausdruck tiefster Verachtung, mit dem Effekt, dass er mit einem Mal, selbst gelb im Gesicht, orientierungslos dasaß.

Die Erkenntnis, dass Schmidt für seine Grenzüberschreitung sofort bestraft worden war, machte Waitz Mut. Entschlossen, der Katze auf Augenhöhe zu begegnen, sagte er:

„Wenn ich hinzufügen darf, Herr Al Kashi: Wir haben Grund zu der Annahme, dass Ben Abraham ein Präparat hat, ich meine, ein ganz besonderes Präparat."

Alle Augen waren auf den Teamchef gerichtet.

„Herr Abraham hat die Dopingkontrollen unbeschadet überstanden. Wir können also davon ausgehen, dass es ungefährlich ist."

„Wie heißt das Präparat?" Al Kashis Augen blitzten auf.

„Mit Verlaub, das wissen wir noch nicht. Herr Abraham hat sich geweigert, die Quelle preiszugeben."

„Geweigert?" Waitz wusste instinktiv, dass seine Karriere auf dem Spiel stand.

„Er hat sich geweigert, ja. Ich habe ihn im Glauben gelassen, dass er das Sagen hat. Er wird nachlässig, wenn er sich sicher fühlt. Wir sind ihm auf den Fersen, er hat schon Fehler gemacht. Es ist eine Frage von Tagen, vielleicht nur Stunden, bis sich der Vorhang hebt. Ich werde ihm die Droge wegnehmen, ohne dass er es merkt. Abraham fährt gut – und solange er Chancen auf den Titel hat, tausche ich ihn nicht aus. Nicht während einer laufenden Tour, das wäre nicht im Interesse des Teams. Aber wenn er verliert, ist seine Karriere vorbei."

Der Diener reichte Waitz ein Tuch. Er breitete es aus und strich die Falten weg, als würde er den Schlachtplan für eine Militäraktion glätten.

„Sehen Sie, meine Herren, ich glaube, Abraham hat seine besten Tage hinter sich. Am Ende der Tour werden wir es wissen. Ich vermute, dass Istomin noch ein oder zwei Jahre braucht, aber er hat das Potenzial für einen zukünftigen Toursieger, einen Mann, der in Abrahams Fußstapfen treten und ihn glorreich übertreffen kann. Istomin ist der Champion der Zukunft!

Ein wohlwollend warmes, stolzes Licht fiel auf den Teamchef, der ohne hinzusehen wusste, woher es kam. „Ich verstehe", sagte Al Kashi in einem Ton von Respekt und Anerkennung. „Weise Worte von einem weisen Mann. Findet die Droge und holt Istomin!"

Wenig später saß Waitz hochzufrieden in seinem Auto. Ihm war nach Musik. Queen. Ein Lied gefiel ihm besonders gut. Fünfmal drückte er die Repeat-Taste und sang, so laut er konnte: „We are the champions ... of the world."

46

Die Frage nach der Form des großen Rivalen wurde in den Pyrenäen beantwortet. Mulligan griff an. Er war am letzten Anstieg aus dem Sattel gestiegen und einfach losgeradelt, nach dem Ziehharmonika-Prinzip, nach Belieben beschleunigt, dann das Tempo schleifen lassen, das Peloton kam heran, es folgte eine neue Attacke, die Verfolger blieben entkräftet zurück. Es war das Spiel einer großen Katze mit vielen kleinen Mäusen. Dass Mulligan die Etappe nicht gewann, war nur eine Randnotiz. Die Nadelstiche saßen an den richtigen Stellen, Mulligan hatte die Nerven seiner Konkurrenten gefühlt, die vor Schmerzen wimmerten. Ben hatte alles gegeben und nur wenige Sekunden verloren. Aber er wusste nur zu gut, dass Mulligan noch schneller sein konnte.

Ben bekam eine Bluttransfusion. Gegen neunzehn Uhr verließ er das Mannschaftsquartier. Niemand wusste, wohin er ging, er wusste es selbst nicht, er wollte nur weg. Er ging die Straße hinunter, dann einen Feldweg entlang, der in ein Eichenwäldchen führte. Was würde er dafür geben, ein Zeichen seines Gönners zu finden, eine Notiz, einen Hinweis, und sei er noch so unscheinbar und versteckt! Er ging tiefer in den Wald hinein, fuhr mit den Händen über die Rinde der Baumstämme und suchte nach Unregelmäßigkeiten. Wo war der Hinweis? Mores, wo bist du?

Plötzlich stockte Ben der Atem. Louis Destin! Hatte Mores ihm nicht befohlen, Destin zu ehren?

Wann hatte er das je getan? Niemals, weder heute, noch gestern, noch jemals. Wie ein Stromschlag durchzuckte es Ben. Zurück, schnell zurück ins Mannschaftsquartier!

Polle rauchte am Hoteleingang eine Zigarette. „Autoschlüssel, Autoschlüssel, schnell!", rief Ben und schon saß er in Polles Wagen auf dem Weg nach Avignon, wo Louis Destin begraben liegt.

Es ist zum Verrücktwerden, dachte Ben. Destin! Warum war ihm das nicht früher eingefallen? Das Grab dieses Mannes hatte eine ganz besondere Bedeutung. Mores' Worte waren eng mit Bens Schicksal verbunden. Mores war Bens Schicksal!

Eine Welle der Euphorie durchströmte seine Hände, Arme und Beine, und er wusste, dass es an dieser neuen, hoffnungsvollen Perspektive lag.

Ben schaltete sein Handy aus. Er wollte nicht erreichbar sein.

Er dachte an die großen Momente in seinem Leben, an das, was ihm früher wichtig gewesen war: an sein erstes Matchboxauto, ein Geschenk seines Vaters, ein grüner Peugeot mit langem Fließheck; an sein erstes Fahrrad, das ständig einen Platten hatte; an sein allererstes Schülerrennen, als er kaum rechnen und schreiben konnte; an die Abschlussprüfung der Realschule und das bange Warten der Eltern auf das Ergebnis, während er vom Radfahren träumte. Und dann endlich der erste Sieg auf dem Rad. Er erinnerte sich an die jugendliche Aufregung, als er das erste Mal mit einem Mädchen schlief, vor süßer, schauriger Spannung zitternd; und er lachte, weil er jetzt, auf dem Weg zum Grab eines französischen Kriegsveteranen in Toulouse, dasselbe noch einmal empfand.

Als Ben in Toulouse ankam, war es bereits stockdunkel. Er ließ das Auto vor dem Rathaus, das ihm bekannt vorkam, stehen und ging zu Fuß weiter. Es konnte nicht weit sein, Avignon war klein, die Zahl der Friedhöfe begrenzt. Ben war sich sicher, dass er den richtigen Friedhof finden würde. Und tatsächlich. Nach ein paar Straßen erkannte er die Gegend wieder. Hier hatten sie im letzten Jahr übernachtet. Ben zog einen Zettel aus seiner Hosentasche. Er würde den Namen des Hotels – L'Aigle – darauf schreiben und es in einer Kneipe zeigen. Doch dazu kam es nicht. Ein junges Paar schlenderte ihm entgegen. „L'Aigle, Hotel L'Aigle?" Beim dritten Versuch verstand das Mädchen und antwortete in einem Redeschwall. Ihre Stimme klang angenehm. Ben zückte einen Zettel und einen Stift und ließ sich den Weg aufschreiben. Zum Dank kritzelte er seine Initialen auf das Taschentuch, das sie ihm reichte. Das Mädchen war überglücklich, denn sie hatte ihn erkannt. Wenige Minuten später hatte Ben das Hotel gefunden. Von dort aus ging er rechts die Straße hinunter, dann links und wieder links, in die Rue du Chevalier.

Endlich sah er die gusseiserne Flügeltür, die den Eingang zur Kapelle markierte, hinter der sich der Friedhof befand. Er zog sein Handy aus der Jackentasche. Der Lichtkegel der Lampe führte ihn zum Grab von Louis Destin.

Für einen Moment hielt Ben inne. Stille und Dunkelheit, Silhouetten von Grabsteinen wie Zahnstümpfe in einem verfaulten Mund. Ein Unbehagen erfasste Ben, dann kam es ihm albern vor. Friedhöfe bei Nacht, das Schaudern der Lebenden vor den ruhelosen Toten. Urängste der Menschheit. Und obwohl das alles Unsinn war, wurde er das Gefühl einer besonderen Schuld nicht los. Die Schuld der Grabräuber. Er richtete den Lichtstrahl auf den Grabstein, blickte sich um, ein Schauder lief ihm über den Rücken. Auf dem Grab stand eine Vase mit frischen Blumen, genau wie beim ersten Mal, als er hier gewesen war. Und wie beim ersten Mal griff er in den Strauß. Er hielt den Zettel, der an den Rändern schon vergilbt war, gegen das Licht und las.

«Julie Polignac, 29 Rue des Rosiers, Perpignan».

47

Gegen zwei Uhr morgens erreichte Ben das Mannschaftsquartier in den Pyrenäen. Die Hoffnung war zurückgekehrt. Morgen noch eine Etappe in den Bergen, dann die Flachetappen der Provence. Am Mittwoch müsste ein Abstecher nach Perpignan möglich sein, dachte er, erst am Wochenende ging es in die Alpen. Es war noch nicht zu spät. Mulligan würde ihm noch etwas Zeit abnehmen, aber nicht zu viel. Dann würde sich das Blatt wenden. In dieser Nacht schlief Ben sehr ruhig.

Pünktlich und gut gelaunt erschien er zum Frühstück. Das Team war komplett, nur Waitz kam ein paar Minuten später, aus organisatorischen Gründen, wie es hieß. Auch er war gut gelaunt, denn Lucien, ein Fahrradmechaniker mit scharfem Verstand und guten Augen, hatte ihm soeben Sensationelles über Ben berichtet. Der Bericht hatte kein Detail ausgelassen, hier eine gekürzte Zusammenfassung:

Lucien hatte Polles Auto mit halb geöffnetem Fenster unverschlossen auf dem Parkplatz vor dem Mannschaftsquartier vorgefunden und Polle darüber informiert. Gemeinsam gingen sie zum Auto und Polle erzählte Lucien, dass nicht er, sondern Ben das Auto zuletzt gefahren hatte. Sie sahen sich im Auto um. Die Routenführung im Navi ließ den Schluss zu, dass Ben in Avignon gewesen war.

Waitz war hochzufrieden und steckte Lucien zum Dank einen Fünfziger zu. Avignon, das war ein echter Anhaltspunkt. Jetzt hieß es, sich weiter an Bens Fersen zu heften und die Gegend, in der Ben den Wagen abgestellt hatte, genau unter die Lupe zu nehmen. Waitz war sich sicher, dass er seinen Top-Fahrer bald in den Fängen haben würde. Das Gewitter würde bald losbrechen. Doch Waitz würde im Trockenen sitzen und genüsslich zusehen, wie sein einstiger Superstar von der Lawine überrollt wurde, die er selbst ausgelöst hatte.

Der 14. Juli war ein harter Tag. Die Favoriten lieferten sich einen harten Kampf. Ben kämpfte tapfer, Mulligans Vorsprung war knapp. Zweiundzwanzig Sekunden vor Mulligan, zwanzig vor Bellini. Nur zweiundzwanzig Sekunden!

Ben war noch nicht in Perpignan gewesen. Aber die Möglichkeit, Mores bei Julie Polignac zu treffen, erfüllte Ben mit einer Welle des Glücks. Wieder und wieder stellte er sich vor, wie Mores' Wunderkraft ihn den Berg hinauftrug, wie er seine Gegner hinter sich ließ, wie er sie vernichtete; vor seinem inneren Auge sah er Mulligan erschöpft an seinem Hinterrad kämpfen, und Ben stellte sich vor, wie Mulligans Blick unter der rohen Gewalt seiner Tritte erstarrte, wie Mulligan stürzte, wie er den Tod der Gladiatoren starb, unfähig, den Daumen des Imperators aufzuhalten, der sich senkte. Die Bilder strömten still und mächtig durch Bens Kopf, ein Labsal für seine geschundene Seele, schöner als alle Höhepunkte, die er je erlebt hatte.

Am 15. Juli verließ Ben das Mannschaftsquartier unter dem Vorwand, einen längeren Spaziergang zu machen. Wohin er gehe, könne er nicht sagen, er kenne sich in der Gegend nicht aus, aber spätestens um neun Uhr abends werde er zurück sein, notfalls nehme er ein Taxi. Waitz war einverstanden. Lassen wir dem Jungen seinen Willen, dachte er nicht ohne Hintergedanken und ließ Ben gehen.

Ben ging zweihundert Meter den Weg hinunter und bog an der Kreuzung rechts ab, wo Polles Wagen im Sichtschutz der Platanen stand. War es nicht wunderbar, wie viel Entgegenkommen sich mit Geld erkaufen ließ? Polle hatte innerhalb weniger Tage zwei neue Einnahmequellen. Dreitausend hatte Ben ihm für seinen Mercedes versprochen – eine klapprige alte Kiste, weiß der Himmel, warum er sie unbedingt haben wollte – und Waitz waren ein paar Informationen über Bens Aktivitäten und Polles Versprechen, Stillschweigen zu bewahren, immerhin fünfhundert Euro wert gewesen. Angesichts des in Aussicht stehenden Geldes hatte Polle sich bereit erklärt, Ben an sein Ziel zu bringen, wo immer das auch sein mochte. Der lang ersehnte Familienurlaub war in greifbare Nähe gerückt, der Tanzkurs der Tochter eine ausgemachte Sache. Aber vielleicht war ja noch mehr drin, hatte Polle gedacht und nach mehr gefragt. Aber Ben hatte abgelehnt, er wollte keinen Chauffeur und auch nicht mehr bezahlen. Was für ein Geizhals! Aber was sollte man machen? Verstehe mal einer die reichen Leute.

48

Ben fuhr nach Perpignan. Mit jedem Kilometer wuchs seine Anspannung, sein innerer Blick war auf einen einzigen Gedanken gerichtet: Wer war Julie Polignac und warum schickte Mores ihn zu dieser Frau? Wäre es nicht einfacher gewesen, ein Treffen in der Nähe des Mannschaftsquartiers zu arrangieren? Es war offensichtlich, dass Mores über seine Schritte informiert war, warum also dieser Umweg? So rätselhaft Mores Verhalten auch war, Ben hatte sich schnell damit abgefunden. So war es eben. Wenn Ben nur das Mittel bekam, dann war es ihm recht. Und wenn Mores befahl, dass Ben auf Knien den Crough Patrick hinaufkriechen sollte, um dem irischen Nationalheiligen zu huldigen, dann würde er es tun.

Das Ergebnis zählte, so hatte Ben es gelernt, Ergebnisse waren das Wichtigste in seinem Leben. Alles andere war Nebensache. Ein Schachmeister musste gewinnen, um Meister zu bleiben, Schönheitspreise gab es nicht. Was für den Ingenieur das leise Surren der Maschine, für den Strafverteidiger der Freispruch des Mandanten, für den Arzt die Heilung des Patienten, das war für den Radrennfahrer der Sieg bei der Tour de France. Das war Bens Welt, das war sein Denken, der Sieg sein innerer Horizont; was vor diesem Horizont geschah, war ohne Bedeutung.

Ben erreichte Perpignan in der Abenddämmerung. Er

suchte die Rue des Rosiers. Die Gegend gefiel ihm nicht. Die Häuser waren alt und heruntergekommen, nichts für Leute mit Geld. Etwas weiter wurde das Stadtbild freundlicher, Rosenbüsche am Straßenrand warfen blassrote Schlieren in die hereinbrechende Nacht, ein Hauch von Leben in einer trostlosen Umgebung. Hier war sie also, die Rue des Rosiers. Ben parkte vor dem einzigen beleuchteten Haus der Straße. Aus einer orangefarbenen Fassade ragte ein riesiges Neonherz, das in grellen Farben leuchtete. Auf einem Diamantfries ruhten die Silhouetten silbern lächelnder Tänzerinnen, Karyatiden, die das leuchtende Herz in ihren Armen wiegten, als müsse es unweigerlich zerbrechen, wenn sie es nicht festhielten.

Ben suchte die Hausnummer. Es gab keine. Zwei Männer standen vor der Tür, bereit, Auskunft zu geben, aber Ben ging weiter zum Nachbarhaus. Es hatte die Nummer 20, und ein Stück weiter stand das Haus mit der Nummer 30. Ben zögerte. War es möglich, dass Julie Polignac in dem Haus mit dem Herz wohnte? War das die Nummer 29? Ben verwarf die Möglichkeit, und gerade als er sich entschlossen hatte, weiter zu suchen, sprach ihn ein großer Mann mit gegeltem Haar und Ledermantel in gutem Deutsch an.

„Herr Abraham, nehme ich an?" Ben nickte. „Bitte kommen Sie mit, Madame Julie erwartet Sie." Zögernd folgte Ben dem Mann, dann zielstrebig und mit wachsender Erregung. Die beiden Männer traten durch die Eingangstür. Vor ihnen erstreckte sich ein langer, mit Lichterketten geschmückter Flur. Decke, Wände und Boden waren in matten Rottönen gehalten. Nach hinten verjüngte sich das matte Licht, der Betrachter musste glauben, von einem Schlauch in die Tiefe gezogen zu werden. Doch nach fünfzehn Metern tauchte die Spirale einer Wendeltreppe auf. Bens Begleiter wies den Weg nach oben und war im nächsten Moment verschwunden. Ben tastete nach einer Seitentür – vielleicht um die Wendeltreppe zu umgehen – aber vergeblich. Langsam stieg er die schmalen Stufen hinauf. Nur das Ergebnis zählte! Nur das Ergebnis zählte! Die Treppe wollte nicht enden, Bens Herz klopfte vor Aufregung, er hielt inne. Nur das Ergebnis zählte! Endlich drang ein Lichtschein von oben die Treppe hinunter. Leise Klänge einer fremden Musik erfüllten die Dunkelheit. Diese Musik, die Finsternis, der Lichtschein am Ende der Treppe – es war so dunkel und so still, nur diese fremde Musik, dieses eine Licht. Endlich war er oben angekommen. Noch immer tiefe Stille unter der fremden Musik, kein menschlicher Laut drang durch den Schleier der unbekannten Klänge, wie war das möglich in einer Einrichtung wie dieser? Ben tastete sich den Gang hinunter, wo die Musik nun lauter und eindringlicher wurde, ein Nebel aus psychedelischen Rhythmen drang an sein Ohr, Klänge, die seinen Geist betörten, und er schritt wie schlafwandlerisch voran, berührt von der Magie der Musik, der Enge und Dunkelheit in seinem innersten Selbst.

Die Tür stand einen Spalt offen. Ben sah regenbogenfarbene Lichtwellen, die in kleinen Paketen von den Wänden fielen. Plötzlich schien es ihm, als säße dort hinten, am dunklen Ende des Flurs, jemand, ein Mann vielleicht, auf einer Bank, auf einem Hocker. Er kniff die Augen zusammen.

Da hörte er eine leise Frauenstimme: „Entrez, s'il vous plait!" Die Tür glitt zurück. Im hinteren Teil eines fensterlosen, ovalen Raumes saß eine junge Frau auf einem Bett, das vollständig mit seidig glänzenden Kissen bedeckt war. Sie trug einen türkisfarbenen Kimono und hatte ein weißes Kaschmir-tuch um den Kopf gebunden. Lange Spitzkerzen bildeten einen weißen Ring um das Bett, an den Wänden hingen Regale mit afrikanischen Motiven, auf denen Holz-, Stein- und Keramikfiguren sowie Venus-, Elefanten-, Stier- und Widderfiguren aus Rosenquarz, aber auch Nüsse, Reiskörner und kleine Äpfel standen.

Der Raum roch nach Blütenessenzen. Huflattich, Kirsche, Löwenzahn, Schneeglöckchen und Vogelmiere, dazwischen der süßliche, durchdringende Duft von frischem Cannabis. Die Frau lächelte geheimnisvoll. Ihr Gesicht war schneeweiß gepudert und glatt wie poliertes Elfenbein.

Sie trägt eine Maske, dachte Ben, eine Maske, damit ich sie nicht erkenne, damit ich ihre Gedanken nicht lesen, ihre Absichten nicht ergründen kann.

Ben setzte sich in einen Polstersessel. Die Frau sah ihn ruhig an. Was für Augen sie hatte! Wie Edelsteine funkelten sie im Grün reiner Smaragde. Ben erschauerte vor der Kraft ihres Blickes, magnetisch wie der von Engeln oder Hexen.

„Ich bin Julie Polignac. Herzlich willkommen!"

Ihre Stimme klang wie der Bogenstrich eines Engels. Ben war fasziniert und entsetzt zugleich, er glaubte sich in einem Traum, einem Traum von beunruhigender Realität. Und doch war er wach und aufmerksam, fühlte sich lebendig wie selten zuvor. Er war in die Liebeshöhle einer ayurvedischen Göttin eingedrungen, einer Frau, deren Bestimmung es war, die Männer in die hohen Genüsse der Fleischeslust einzuführen. Betäubt näherte er sich, Julie lächelte sanft, ihre Augenbrauen ruhten wie Welldächer auf grünen Magneten. Jetzt hoben sie sich. Ben wollte aufstehen, taumelte und fiel rücklings in den Sessel.

Julie sagte: „Bleiben Sie noch einen Augenblick sitzen. Trinken Sie!" Ben nahm eine Tasse von dem Tablett zu seiner Rechten und hob sie an die Lippen. Der Tee schmeckte bitter, mit einem Hauch von Minze. Ihm wurde schwindelig.

„Wo ist das Mittel? Wo ist Mores?"

„Er ist nicht da", sagte Julie.

„Wann kommt er?"

„Ich weiß es nicht."

„Und was machen wir dann hier?"

„Wir warten."

„Hier?"

„Ja, hier."

„Und wie lange warten wir?"

„Bis er kommt."

„Hat er gesagt, wann er kommt?"

„Nein."

„Vielleicht kann ich ihm entgegengehen?"

Die grünen Augen blitzten ärgerlich auf. „Nein."

„Warum nicht?"

„Weil wir hier warten müssen."

„Hier, in diesem Raum, sind Sie sicher?

„Er wird bald hier sein."

Bens Kehle schnürte sich zu.

„Und wenn er gar nicht kommt?"

Wieder dieses Lächeln und dieser magnetische Blick.

„Er wird kommen."

„Wenn nicht ... dann bin ich verloren. Ich ... ich komme morgen wieder."

„Das geht nicht." Julie lächelte verführerisch.

„Warum nicht?" Ben verspürte Panik.

„Weil er heute kommt."

Aus dem Flur war ein Geräusch zu hören.

„Das ist er, das ist Mores!"

Julie sah sehnsüchtig zu den Figuren hinüber.

„Er ist es nicht."

„Warum nicht? Ich habe ein Geräusch gehört."

„Das war Herr Balduin. Er wartet auf uns. Schon seit einer Stunde."

„Ich habe niemanden gesehen, als ich kam."

„Er liebt mich, deshalb wartet er."

Ein Gesicht wie aus Elfenbein, dachte Ben wieder. Dann eine Eingebung. „Julie, haben Sie vielleicht, was ich brauche?"

„Was brauchen Sie denn?"

„Aber das wissen Sie doch!"

„Nein."

Ben versuchte aufzustehen, sank aber kraftlos in den Sessel zurück.

Wie durch einen Tunnel drang Julies Stimme an sein Ohr.

„Mores lässt fragen, ob du dir nicht die Zeit vertreiben willst?"

Ben sah, wie Julie graziös einen Fuß auf das Kissen setzte und sich langsam aus dem Schneidersitz erhob. Eine Medusa mit feenhaften Armen schwebte durch den Raum. Wieder das transzendente Lächeln einer Zaubermaske, wieder die betörenden Klänge hypnotischer Musik, wieder die Gerüche aus Tausendundeiner Nacht. Als der Kimono fiel, war Ben schon ohnmächtig.

49

Ben öffnete die Augen. Verwirrt blickte er sich um, es war stockdunkel. Sein rechtes Knie schmerzte, mühsam versuchte er das Bein zu strecken. Jetzt bemerkte er, dass er in Polles Auto saß. Er stieß die Fahrertür auf und kletterte vorsichtig heraus. Im Westen flackerten die Lichter der Stadt. Keine Spur von Helligkeit am östlichen Himmel, Gott sei Dank. Ben griff sich an die Stirn. Sie war feucht, über dem Auge klebte ein Haarbüschel. Was um Himmels willen war passiert? Der Besuch bei Julie war ein Reinfall gewesen. Mores war nicht gekommen, und Julie hatte ihm nichts gegeben. Nichts war erreicht worden. Er drehte den Zündschlüssel und die Armaturen leuchteten auf. Da fiel ihm ein Päckchen auf dem

Beifahrersitz auf. Es war faustgroß und mit Klebeband verschlossen.

Wie vom Donner gerührt griff Ben danach. Das musste ... Vielleicht war es wie beim letzten Mal! Das feste Band gab nicht nach, Ben zog den Schlüssel aus dem Zündschloss und schob die Schlüsselspitze unter die erste Lage Klebeband. Aber er rutschte ab und der Schlüssel bohrte sich in seine Handfläche. Fluchend warf er das Päckchen auf den Rücksitz. Dann drückte er ein Taschentuch auf die blutende Wunde. Nur noch zurück ins Mannschaftsquartier!

Gegen drei Uhr morgens kam Ben dort an. Er stellte das Auto in der Einfahrt ab und ging in sein Zimmer. Die Hand hatte aufgehört zu bluten, aber sie schmerzte, er musste sie behandeln lassen. Eine Flachetappe würde er überstehen, aber in den Bergen müsste er am Lenker ziehen. Eine Handverletzung war da ein großes Handicap.

Zuerst musste er aber herausfinden, was er da hatte. Er holt ein Messer aus der Küche und schneidet vorsichtig die Hülle und das Klebeband auf. Ein heftiges Zittern, das sich von der Hand über die Arme auf den ganzen Körper ausbreitete, und im nächsten Moment grenzenlose Erleichterung. Eine Ampulle lag vor ihm auf dem Tisch, dazu eine Spritze und zwei originalverpackte Nadeln.

„Dem Himmel sei Dank", flüsterte Ben. „Danke, Conscientio Mores, danke, Louis Destin und Julie, danke euch allen!" Ben legte alles in seinen Nachttisch, dann rief er Dr. Liebermann.

Liebermann war verärgert, Bens Erklärung war dürftig. „Ich konnte nicht schlafen, bin spazieren gegangen. Auf dem Rückweg bin ich gestolpert und auf einen Stein gefallen".

„Du bist beim Spazierengehen hingefallen? Dann fährst du in Zukunft besser mit dem Fahrrad", zischte Liebermann. Er glaubte Ben kein Wort, vermied es aber, weiter nachzufragen. Es war nicht seine Aufgabe, sich in die Angelegenheiten von Radfahrern einzumischen, es sei denn, es handelte sich um etwas Medizinisches. Liebermann wusste um Bens unsichere Position im Team, und er wusste auch, dass der Putsch gegen den König längst im Gange war, aber er beteiligte sich nicht aktiv daran. Waitz hatte durchaus versucht, Liebermann in die Sache hineinzuziehen, indem er ihn wissen ließ, dass man Ben des unlauteren Wettbewerbs verdächtigte und ihm vorwarf, Unruhe im Team zu stiften. Es war ihm aber nicht gelungen. Liebermann sah seine Zukunft als Mannschaftsarzt. Mit dem Team Germatel fühlte er sich in keiner Weise verbunden. Wenn es hier zum Eklat kam, würde er den ganzen Dreck hinter sich lassen und gehen, mit weißer Weste und ohne den Stallgeruch, den Intriganten ein Leben lang nicht loswerden. Ben sollte ruhig versuchen, das Märchen vom Spaziergang anderen zu verkaufen, Liebermann war es egal.

Überhaupt würde man dem Geheimnis von Bens Leistungssprüngen auf die Spur kommen. Früher oder später hatte man sie alle. Wer es auf eigene Faust versuchte, hatte keine Chance.

Liebermann verarztete Bens Hand und zog sich mit einem zynischen Lächeln auf den Lippen in sein Zimmer zurück.

Auf der Tour waren zwei leichtere Berge der vierten Kategorie zu überqueren, größere Schwierigkeiten gab es nicht. Die Favoriten ruhten sich aus. Sie ließen sich von ihren Helfern tragen, die das Tempo vorgaben, und setzten zum finalen Angriff an, bei dem die Sprinter um den Tagessieg kämpften. Bolte war immer noch gut im Rennen. Da er in der Regel gut über die Berge kam, war das Grüne Trikot in Paris noch möglich. Von Ben wurde erwartet, dass er sich am Zielsprint beteiligen würde.

Aber er tat es nicht, als einziger der Favoriten. Das Team war sauer, Waitz kochte vor Wut.

Ben hatte helfen wollen, aber er konnte nicht. Er war völlig ausgebrannt. Und niemandem Rechenschaft schuldig, wie er dachte. Morgen ging es in die Alpen, zwei Berge der ersten Kategorie und eine Bergankunft. Morgen würde sich die Spreu vom Weizen trennen, und wenn er in den Alpen gut fahren würde, wäre alles vergeben und vergessen.

Am Abend rief Laura an. Sie vermisse Ben und wünsche ihm viel Kraft für morgen. „Ich glaube an dich!" Es war der Ruf einer Eule in dunkler Nacht. Ben hörte Lauras Worte, verstand aber nicht, was sie bedeuteten.

Gedankenverloren glitt sein Blick zur Decke. Sein Körper wog schwer, aber seine Gedanken waren leicht und flüchtig, wie am Rande einer tiefen Erkenntnis. „Das muss die Droge sein", dachte er und lächelte. Sein „Ich liebe dich" kam im richtigen Moment, am Ende des Gesprächs, genau dorthin, wo es hingehörte, ein Zauberspruch, der magisch wirkte: Zeit und Raum verschmelzen und hören auf zu sein.

„Ich liebe dich, Julie", hatte er gesagt.

Tiefe Stille am Ende der Leitung. Dann ein Piepen von Lauras Handy. Und Stille.

Auf der Abfahrt nahm Ben noch einmal Flüssigkeit zu sich. Drei Ausreißer konnten die Favoriten auf den Gesamtsieg nicht beunruhigen, das Tempo war gleichmäßig hoch. Auf der zweiten Bergwertung hatten sich vier Gruppen gebildet. Die Ausreißer hatten drei Minuten Vorsprung, gefolgt von einer weiteren Gruppe und schließlich den Sprintern, die bereits am ersten Anstieg zurückgefallen waren. In der Abfahrt hielt Ben Abstand, was sich als klug erwies, denn einer stürzte und schied aus. Im Tal fuhren Mulligan und Pellegrini acht Sekunden vor Ben und den anderen Favoriten. Der Vorsprung hielt bis zum Fuße des letzten Anstiegs, wo Ben es schaffte, zu den Führenden aufzuschließen. Die Blicke der Kontrahenten trafen sich, es war ein spannender und viel diskutierter Moment für die Zuschauer, denn alle wussten, dass das große Blutvergießen nun unmittelbar bevorstand.

Ben war jetzt ganz bei sich. Es war ihm, als würde er in einem Schacht (oder war es eine Wendeltreppe?) durch eine Wand aus schillernd oszillierenden Gasteilchen in ein Gewölbe steigen, das sich schließlich, nach vorne hin höher und breiter werdend, zu einer Kuppel erhob, einem Gotteshaus auf glühendem Asphalt, umgeben von grünen Bäumen und Büschen. Jemand rief Worte in die Kuppel, Ben lauschte dem geheimnisvollen Flüstern und zählte die Sekunden, bis der leise Ton durch den weiten Ring drang und endlich in seinem Ohr ankam: „Du gewinnst, du gewinnst!"

Ben machte eineinhalb Minuten auf Mulligan gut. An diesem Abend streifte er sich zum ersten Mal in diesem Jahr das Gelbe Trikot über.

52

Das Salz ihrer Tränen hatte Krusten gebildet. Laura strich sich über Wangen und Hals, von ihren Fingern rieselte es wie feiner Pulverschnee. Sie duschte und trat vor den Spiegel. Sie betrachtete, was von ihrem Martyrium für Bens Liebe übrig geblieben war. Eine leere Hülle um ein trostloses Nichts, wie ein bunt bemalter Luftballon, dachte sie.

„Ich liebe dich, Julie." Das schreckliche Echo kehrte in Wellen zurück. Laura kämpfte dagegen an, aber der Kampf war aussichtslos. Er tat so weh, dieser Satz, er brannte wie glühendes Eisen. „Ich liebe dich, Julie."

Laura hatte Hunger, aber an Essen dachte sie nicht, sie hatte Durst, aber der Weg zum Wasser war weit. Sie hielt sich am Tisch fest, ihre Augen starrten aus dem Fenster, in den Garten, zum Teich, dorthin, wo Ben die Katze verletzt hatte. Um halb neun klingelte es. Es war der Briefträger. Laura öffnete und nahm ein Paket entgegen. Es war an sie adressiert und kam aus dem Ausland. Sie öffnete das Päckchen: Fotos waren darin und ein Brief.

Noch am selben Tag fuhr sie nach Frankreich, zur Tour, zu Ben. Es war an der Zeit, die Dinge ein für alle Mal zu klären. Es war an der Zeit, reinen Tisch zu machen.

53

Am Abend des 17. Juli gab es einen Umtrunk. Ben erschien im gelben Trikot. Wieder einmal hatte er Unglaubliches geleistet. Ob er wohl wisse, was er auf den letzten fünf Kilometern geleistet habe? Ben grinste verschmitzt. „Sechstausend

Watt!", rief er den Ärzten lachend zu.

Waitz stand etwas abseits und machte ein wissendes Gesicht. Gute Laune vorzutäuschen war angesichts der jüngsten Entwicklungen nicht nötig. Ben war dabei, sich sein eigenes Grab zu schaufeln. Das Versteckspiel mit den extremen Leistungsschwankungen ließ sich nicht ewig aufrechterhalten. Der Knoten würde platzen, Ben war zu labil und nicht klug genug, um auf Dauer auf sich allein gestellt erfolgreich zu sein. Niemand war so klug. Waitz kam die Metapher vom Fischer in den Sinn, der im richtigen Moment das Netz ausgeworfen hatte. – Der Fisch schwamm schon am Rand der Reuse. Noch war er nicht ganz drin, noch hatte er sich nicht verheddert, noch schwamm er frei, aber das Ende war nicht mehr weit.

Waitz' Gedanken wanderten weiter. Er dachte an die Lage der herrschenden Schichten im späten Rom, er wusste um ihr Schicksal. Drei Eisen glühten im Feuer. Noch hielt die Mannschaft zu Ben, aber sein Schicksal hing am seidenen Faden. Wenn er die Tour nicht siegreich beendete, war das Spiel aus. Ben besorgte sich die Drogen in Perpignan, so viel stand fest. Die Prostituierte Polignac war das Bindeglied zu einem offenbar unabhängig operierenden Kartell. Waitz würde mit ihr Kontakt aufnehmen, einen Deal vorschlagen, den Paten spielen und ihr ein Angebot machen, das sie nicht ablehnen konnte. Sollte Polignac eine strategische Partnerschaft mit ihm ablehnen, würde er sich das Präparat, über das sie zweifellos verfügte, mit Gewalt beschaffen und notfalls die Polizei alarmieren. Von welcher Seite Waitz die Situation auch betrachtete, er selbst kam mit einem blauen Auge davon.

Und dann war da noch Laura. Die Sache mit Laura hatte er wirklich gut eingefädelt. Eigentlich hätte er ihre Hilfe gar nicht gebraucht, aber Waitz hatte gemerkt, dass Laura Ben stabilisierte, wenn die Beziehung gut lief. Umgekehrt bedeutete das, dass Lauras Einfluss Ben belastete, wenn es nicht so gut lief. Ben, der in Beziehungsfragen labil war, würde Fehler machen. Sie würden zu seinem Niedergang führen, und zwar bald.

Waitz ging auf Ben zu, nahm seinen Kopf in die Hände und küsste ihn auf die Wange. „Du bist ein richtiger Teufelskerl", sagte er. Und Waitz meinte, was er sagte.

54

Unvermittelt stand Laura in der Tür. Ihr Gesicht glühte, ihre Backenzähne knirschten unter dem Druck ihres steinharten Kiefers. Knisternde Spannung breitete sich im Raum aus. Der Weg zu Ben öffnete sich wie ein Reißverschluss, und Ben hatte die Augen einer Kuh beim Anblick der Schlachtpistole. Wortlos packte Laura Ben am Arm und zog ihn mit sich.

„Zieh nicht so", sagte er halbherzig, „du zerreißt mir das schöne Trikot."

Das schöne Trikot könne zum Teufel gehen, erwiderte Laura, und Ben auch. Ben lehnte sich an die Küchenanrichte. Langsam dämmerte ihm, dass etwas Ungeheuerliches passiert sein musste. Wie konnte ein Mensch nach einer so langen Reise immer noch so verärgert sein?

Er versuchte zu beschwichtigen, wandte seine Standardreaktion bei Auseinandersetzungen an, die er in seinem Elternhaus gelernt und vielfach erprobt hatte. Seine Worte verfehlten stets die gewünschte Wirkung und führten regelmäßig zu einer Verschärfung der Situation, aber Ben wusste sich nicht anders zu helfen. „Beruhige dich!" Immer wieder der gleiche Satz, Ben hatte es so gelernt, so begegneten schuldbewusste Männer hysterischen Frauen dort, wo er herkam. Irgendwann würde Frieden einkehren.

Seine Mutter hatte sich immer wieder gefangen – bis auf dieses eine Mal. Das war die Scheidung, vor zehn Jahren.

Die gleiche Szene wiederholte sich nun mit Laura. Das Ende vom Lied war die Trennung, die noch am selben Abend vollzogen wurde. Wir ersparen uns die Details. Nur so viel: Laura hielt Ben die Fotos unter die Nase. Drei Fotos. Das erste war in der Rue des Rosiers aufgenommen worden. Es zeigte Julie und Ben, wie sie in trauter Zweisamkeit zum Auto stolperten. Das zweite zeigte sie vor der Tür von Julies Liebesnest. Und auf dem dritten Bild räkelte sich Ben mit aufgeknöpftem Hemd auf Julies kissenbewehrtem Bett. Seine Hand liegt auf ihren nackten Brüsten.

Auf der Rückseite des letzten Bildes stand die Adresse. Laura hatte nicht lange gebraucht, um den Ort zu finden. Es war eindeutig ein Bordell.

Bis spät in die Nacht rätselte Ben über die Herkunft der Fotos. Immer wieder wanderten sie von einer Hand in die andere, als sei die Bewegung der Schlüssel zu ihrem Geheimnis. Das Ganze war völlig undurchsichtig.

Er erinnerte sich an Julie, natürlich war er mit ihr zusammen gewesen, wie konnte er das vergessen? Wie er durch den dunklen Flur ging, wie er mit weichen Knien die Wendeltreppe hinaufstieg, wie er wieder die hypnotische Stimme hörte, die ihm Einlass gewährte, wie er sich in Julies zauberhaftem Reich aus Tausendundeiner Nacht befand. Bens Gedächtnis schickte ihm betörende Bilder jener schicksalhaften Nacht, gierig sog er ihren Duft ein, das Bild eines makellosen Frauenkörpers tauchte auf, er sah sich auf den Knien der ayurvedischen Königin huldigen.

Dann, mit einem Mal, riss der Faden der Erinnerung ab. Lust, Begehren, ineinander verschlungene Körper, Liebessäfte? Von all dem wusste Ben nichts mehr.

Nachdem Waitz über Polle von Bens Ausflug nach Perpignan erfahren hatte, wurde Lucien mit dem Auftrag dorthin geschickt, herauszufinden, was Ben dort gemacht hatte. Polles Navigationsgerät führte Lucien direkt in die Rue des Rosiers. Er hatte mit dem Türsteher gesprochen, einem kräftigen, hellhäutigen Mann mit Engelshaar. Der Mann hieß Paul Molins und war ein guter Fotograf, wie sich herausstellte. Gut genug jedenfalls, um drei wertvolle Fotos zu schießen. Natürlich hatte Molins Ben erkannt und die Gelegenheit beim Schopfe gepackt, denn mit Superstars auf Abwegen ließ sich viel Geld verdienen. Paul Molins war es auch, der Julie geholfen hatte, den bewusstlosen Ben aufzurichten. Und er war es auch, der Ben zum Auto schleppte, wo Lucien schon auf ihn wartete.

Paul Molins hätte bestätigen können, dass zwischen Julie und Ben nichts vorgefallen war, was man gemeinhin als „ernst" bezeichnen würde. Er hätte es bezeugen können. Aber wen interessierte das schon?

55

19. Juli 2013. Drei hohe Anstiege, eine steile Abfahrt und zehn flache Kilometer bis ins Ziel. Ben startete im Gelben Trikot. Er fühlte sich entspannt. Das Trikot hatte magische Kräfte. Das wusste jeder, der es einmal getragen hatte. Dazu kam Bens fester Glaube an die Wirkung von Mores Droge, die ihm Ruhe und Zuversicht gab. Und die Trennung von Laura? Sie schmerzte, aber nicht allzu sehr, wie eine Schürfwunde, die

schon heilte. Trotzdem überlegte Ben, wie er Laura zurückgewinnen könnte. Er war sich sicher, dass er es wieder schaffen würde. Er war ein Siegertyp und aufgeben kam nicht in Frage.

Nach zweihundert Kilometern auf der Straße kam es dann doch in Frage. Der Bezug war zwar ein anderer, aber die Lage war aussichtslos. Was würden die Zeitungen schreiben? „Abraham am Boden; Abraham verhungert auf dem Berg; Mulligan und Abrahams Leiche". Unter Berücksichtigung nationaler Besonderheiten war aus Deutschland zwar nicht ganz so viel Pathos zu erwarten. Aber die Quintessenz war die gleiche. „Abraham bricht zusammen, die Tour ist verloren".

War sie verloren? Auf den letzten Kilometern vor dem Ziel hatte sich Ben an Wittigs Fersen geheftet. Ein letztes Mal hatte er die Anweisung erhalten, seine eigenen Ambitionen zugunsten des leidenden Kapitäns zurückzustellen. Diese Anweisung war Wittig nicht leicht gefallen, denn er war eine starke Tour gefahren und hatte sich Chancen auf einen Podiumsplatz ausgerechnet. Dennoch trat er zurück, tat seine Pflicht für einen, den er nicht mehr mochte, der es nicht wert war. Wittig spürte, dass die Anweisung der Teamleitung sinnlos war. Ben war einfach zu schwach. Wittig und Ben erreichten das Ziel einige Minuten nach Pellegrini und Johnny Mulligan, dem neuen Träger des Gelben Trikots.

Am Abend verkündete Waitz, dass Ben als Kapitän abgelöst werde. Das Team werde von nun an den stärksten Fahrer unterstützen. Waitz' Blick fiel auf Wittig. Der Machtwechsel war vollzogen.

56

Der Wagen raste die Straße hinunter. Ben zitterte vor Zorn, Tränen der Wut liefen ihm über das Gesicht. Er fühlte sich betrogen, an einen minderwertigen Teamkollegen verkauft und sann auf Rache. Aber wie sollte er das anstellen? Eigentlich war er zu schwach, um es allein zu schaffen. Das ließ sich nicht leugnen. Seine Gedanken waren bei Louis Destin. In einer Haltebucht stoppte er den Wagen und zog das Navigationsgerät aus dem Handschuhfach. Bis Toulouse waren es noch 250 Kilometer. Das waren fünfhundert Kilometer in einer Nacht. Ben schlug die Hände vors Gesicht. Es war acht Uhr abends. Er war in den Bergen, die Straßen waren kurvenreich und langsam. Fünf Stunden würde er für die Strecke brauchen. Dann wäre es ein Uhr nachts, eine Stunde Rast, dann fünf Stunden zurück und um 9.30 Uhr wieder eine anstrengende Etappe. Das war zu viel.

Ben spürte, wie seine Kräfte unter dem Druck der Realität nachließen. Nein, das Grab von Louis Destin war zu weit weg. Und Julie?

Perpignan war noch weiter als Toulouse, außerdem hatte es dort Probleme gegeben. Was würde ihn erwarten, wenn er dorthin zurückkehrte?

Was sollte er tun?

Schließlich fiel ihm Thilo ein. Sein Bruder hatte angekündigt, auch in diesem Jahr zur letzten Bergankunft der Tour nach Frankreich zu kommen, um Ben vor Ort die Daumen zu drücken. Das hatte er immer getan, und Ben war immer froh gewesen, seinen Bruder unter den Zuschauern zu wissen, wenn es auf den letzten Berg ging. Er liebte seinen Bruder. Und Thilo liebte ihn. Thilo hatte ihn nie verraten. Es war großartig, die Begeisterung des Bruders zu erleben, zu wissen, dass Thilo ihn vergötterte, bedingungslos, in guten wie in schlechten Zeiten. Übermorgen stand die letzte schwere Bergetappe an, was bedeutete, dass Thilo, der unter Flugangst litt, bereits auf dem Weg nach Frankreich war. Das bedeutete aber auch, dass sein Bruder, von Norden kommend, dem Grab von Louis Destin in diesem Moment sicher viel näher war als er selbst.

Aufgeregt griff Ben nach seinem Handy. Er hörte die Stimme seines Bruders. Wie er vermutet hatte, war Thilo bereits unterwegs.

„Wo bist du gerade?"

„Weiß nicht genau", antwortete Thilo fröhlich, „auf der Autobahn, irgendwo in Frankreich. Ich hab nicht mal ein Hotel."

„Brauchst du jetzt auch nicht", rief Ben bedeutungsvoll. „Du musst mir einen Gefallen tun. Bitte fahr sofort nach Toulouse zum Friedhof in der Rue du Chevalier. Dort gibt es nur einen Friedhof, den kannst du nicht verfehlen." Thilo hielt auf einem Parkplatz.

„Was zum Teufel soll ich auf einem Friedhof?"

„Bitte sei jetzt still und hör zu. Auf dem Friedhof liegt ein Mann begraben, er heißt Louis Destin. Geh zum Haupteingang. Das Grab ist hinten links in der letzten Reihe, Richtung Nordosten. Suche nach etwas Auffälligem, einem Gegenstand, der dort nicht hingehört, einer Notiz, etwas, das ein Hinweis sein könnte. Da ist eine Blumenvase auf dem Grab. Schau dort nach."

„Aber Ben, das ist doch ..."

„Keine Diskussion, bitte! Du musst das für mich tun. Ich bin sicher, dass du etwas findest. Bring es mir so schnell du kannst."

„Ben, du bist verrückt geworden", sagte Thilo.

„Tu, was ich dir sage, bitte, Thilo, es ist ... du musst mir helfen!"

„Du bist verrückt geworden", wiederholte Thilo. Eine halbe

Ewigkeit verging. Endlich sagte Thilo zu.

Ben weinte vor Erleichterung. Er bedankte sich überschwänglich bei seinem Bruder. Bens Körper zitterte vor Erleichterung, und er schloss die Augen. „Thilo wird mich retten."

57

Thilo fuhr nach Toulouse. Peinlich genau befolgte er die Anweisungen seines Bruders, sah sich um, suchte nach Besonderheiten, die nicht in das Bild passten, das man sich gemeinhin von Gräbern macht.

Das alles geschah am helllichten Tag, und so blieb es nicht aus, dass er fragende Blicke der gläubigen Kirchgänger auf sich zog, die einen Grabräuber bei der Arbeit vermuteten. Thilo schämte sich. Sein Anstandsgefühl litt, und das war das Schlimmste. Es gehörte sich nicht, sich auf Friedhöfen herumzutreiben, und doch hatte er es getan, Ben zuliebe.

Das Grab von Louis Destin war unauffällig, ein Grab wie jedes andere. Vielleicht nicht ganz wie jedes andere. Es sah vernachlässigt aus, wie ein Grab, um das sich niemand mehr kümmerte. Moos bedeckte den Grabstein, ein Teppich aus Unkraut bedeckte die Erde, die Einfriedung war kaum noch als solche zu erkennen. Ein trauriges Stück Erde, dachte Thilo traurig. Keine Spur von Blumengestecken oder Vasen. Ben musste wirklich übergeschnappt sein.

Thilo verbeugte sich tief. Man sollte sehen, dass er dem Toten Respekt zollte. Ich weiß nicht, wer ärmer ist, dachte Thilo in diesem Moment, der Mann, der hier begraben liegt, oder mein Bruder. Nachdenklich ging er zum Wagen zurück.

„Hast du nichts gefunden?" Bens Stimme erschreckte Thilo. Er kannte seinen Bruder seit seiner Geburt, er kannte seine Stärken und wusste, wie verletzlich er war. Sie waren zusammen durch dick und dünn gegangen, aber eine Szene wie diese hatte es noch nie gegeben.

„Tut mir leid Ben, da war nichts!", stotterte Thilo. „Ich habe alles ..."

„Ach, halt die Klappe", fuhr Ben seinen Bruder an. „Was weißt du schon, ich bin am Ende, am Ende!"

„Tut mir leid", sagte Thilo schließlich. Er dachte an Dr. Liebermann. Er würde sich mit dem Arzt in Verbindung setzen. Er musste Ben zur Vernunft bringen, bevor es zu spät war. Und wenn die Tour für Ben heute zu Ende ging, dann war es eben so. Das Leben seines Bruders stand auf dem Spiel.

58

Die Operation war gescheitert, das Spiel aus. Wozu noch einen aussichtslosen Rettungsversuch unternehmen? Es war eine Geschichte von Helden und Gräbern, und nun war sie zu Ende – der Held lag endlich unter der Erde.

Ben hatte sich von der Hotelbar eine Flasche schottischen Single Malt bringen lassen. Behutsam wog er die Flasche in seinen Händen, liebevoll betrachtete er sie. Seine trockenen Lippen berührten zärtlich das kühle Glas und er lächelte über die kleine Verrücktheit, so etwas Gewöhnliches wie eine Flasche so liebevoll zu behandeln.

Am Empfang klingelte das Telefon.

„Herr Abraham?" Es war die Empfangsdame, sie sprach Deutsch mit starkem französischem Akzent. „Ein Mann hat ein Paket für Sie abgegeben." Ben sprang augenblicklich aus dem Bett, rannte los und stürmte in drei Sätzen die Treppe hinunter ins Foyer.

„Geben Sie es mir, geben Sie es mir!", rief er rot vor Aufregung.

Die arme Frau erschrak, das Päckchen fiel zu Boden.

„Herr Gott, pass doch auf, du dumme Kuh! Weg da, ich hole es selbst!"

Ben kletterte über den Tresen, stieß die Frau beiseite und schnappte sich das Päckchen, das die Dummheit der Empfangsdame Gott sei Dank unbeschadet überstanden hatte. Zurück im Zimmer zog Ben eine Schere aus der Schublade. Das Päckchen war wieder doppelt mit Klebeband verschlossen.

Eine blaue Schachtel kam zum Vorschein, Bens Halsschlagader trat hervor, und dann, nach einem endlosen Blick ins Innere, ein Schrei des Entsetzens!

Das Päckchen war nicht von Mores. Es enthielt ein Lederhalsband und ein Amulett von seiner Mutter, der das Leiden ihres Sohnes auf dieser Reise nicht entgangen war. Das Ingwenya-Krokodil, so hoffte sie, würde die Attribute der Macht, die es besaß, auf Ben übertragen. Mut, Entschlossenheit, Kraft. Es würde ihm den Glauben an seine eigene Stärke zurückgeben und seine Feinde mit Magie überwältigen. Sie hoffte es, weil sie ihren Sohn liebte. Was er sich wünschte, das wünschte sie sich auch, und wenn er eines Tages in die Politik gehen und Bundeskanzler werden wollte, dann würde sie trotz aller Widrigkeiten fest an seiner Seite stehen. Sie war davon überzeugt, dass Mut, Entschlossenheit und bedingungslose Hingabe die Verwirklichung eines wie auch immer gearteten Lebensziels bereits vorwegnehmen und das Ergebnis von Anfang an feststeht, so wie die Larve den Schmetterling in all seiner Pracht und Schönheit bereits in sich trägt.

Aber Ben war alles andere als überzeugt. Er ließ die Schachtel stehen und zog sich eine Jacke über.

„Rufen Sie mir ein Taxi", sagte er zu der Rezeptionistin, die den Auftrag sofort ausführte. Der Mann ist eine Katastrophe, dachte sie wahrscheinlich, un salaud. Aber ein großer Radstar. Und die dürfen alles.

59

Vom Fenster seines Zimmers aus beobachtete Waitz, wie Ben in das Taxi stieg. Wahrscheinlich fährt er nach Perpignan, dachte der Teamleiter. Er nimmt ein Taxi, Polles Auto lässt er stehen. Er will Spuren verwischen, Verwirrung stiften, glaubt wohl immer noch, mich an der Nase herumführen zu können. Aber es ist genau so, wie ich es mir vorgestellt habe ... er kriegt Angst, spielt sich um Kopf und Kragen. Soll mir recht sein. Noch ein hoher Berg und ein paar flache Kilometer bis Paris. Dann wird abgerechnet. Und am Ende gewinne ich. So viel ist klar.

Doch so sicher sich Waitz seiner Sache war, so vorsichtig war er, sein Urteil kritisch zu hinterfragen.

Er ist nicht der Hellste, der arme Junge, dachte Waitz, aber bestimmt nicht das einzige dumme Schaf in der Herde. Er lächelte. Es ist doch ganz einfach, das versteht im Grunde jedes Kind. Du fängst als junger Rennfahrer an. Nach ein paar Jahren begreifst du, dass es ein Geschäft wie jedes andere ist. Wie in allen wirtschaftlichen Beziehungen gibt es produktive Kräfte, die sich in Szene setzen. Sie stehen am Anfang eines Systems, das den Leistungssport beherrscht, weil er sich Regeln unterwirft, die nichts mit Sport zu tun haben. Die Produktivkräfte des Radsports sind die Fahrer, denen wir für die Erbringung der Leistung entsprechende Produktionsmittel zur Verfügung stellen: Hochleistungsmaschinen mit Laufrädern.

Die Konsumenten der Leistung sind die Zuschauer, am Straßenrand, am Bildschirm, im Internet. Gleichzeitig sind die Konsumenten auch Investoren, denn sie zahlen Steuern, die als staatliche Sportförderung in den Leistungssport zurückfließen.

Zwischen allgemeinem Sportinteresse und Medienkonsum bestehen Wechselwirkungen, die einen Kreislauf in Gang setzen und aufrechterhalten. Das allgemeine Sportinteresse fördert den Medienkonsum und dieser erzeugt Aufmerksamkeit. Fernsehen, Internet und Buchhandel sind Werbeträger für die primäre und sekundäre Industrie. Über die Medien fließt Kapital zurück, ein Teil davon wird wieder in den Sport investiert usw.

Waitz war sich bewusst, dass er sich marxistischer Ideen bediente, aber nur weil sie alt und aus der Mode waren, mussten sie nicht falsch sein. Er hielt einen Vergleich seiner Fahrer mit der werktätigen Arbeiterklasse des frühen 19. Jahrhunderts für zulässig. Ein Exkurs:

Im Radsport sind die Produktivkräfte (Fahrer) und die Produktionsmittel (Rennräder) fest definiert. Beide setzen den Produktionsprozess in Gang. Auf der anderen Seite steht das Kapital, das über die Produktionsgüter verfügt. Welche Produktionsgüter? Waitz dachte an die Fahrradindustrie, die Veranstalter von Radrennen, die Ausrüster der Teams, die Sponsoren. Ein Großteil der Fahrer verfügte nur über einen Bruchteil der Wertschöpfung ihrer Arbeit, gerade genug, um ihre Arbeitskraft zu erhalten. Der eigentliche Motor des Prozesses war natürlich das Kapital, der Treibstoff hieß Kapitalvermehrung. Sie wurde durch den Kauf von Arbeitskraft ermöglicht. Aber Arbeitskraft war ein endliches, begrenztes

Gut. Ein Team hatte nur eine begrenzte Anzahl von Fahrern. Ihre Leistungsfähigkeit hatte natürliche Grenzen. Damit waren der Vermehrung des Kapitals unüberwindliche Schranken gesetzt. Wo die Produktivkräfte endlich waren, waren auch die Möglichkeiten der Kapitalvermehrung endlich. Eine Sackgasse, könnte man meinen. Doch die Kapitalvermehrung fand Auswege. Durch Werbung zum Beispiel, die Kaufinteresse für das Produkt erzeugte.

Doch woher kam das öffentliche Kaufinteresse am Produkt Leistungssport? Waitz hatte eine einfache Antwort:

Durch Leistungssteigerung und immer neue Rekorde. Wo der Markt wachsen sollte, musste eine Leistungssteigerung erkennbar sein, mussten Grenzen überschritten und neue gezogen werden. Es gab nur zwei gültige Parameter für Grenzverschiebungen: intensives Training und biologische Manipulation.

Der Trainingsintensität sind durch die menschliche Physiologie natürliche Grenzen gesetzt. Ein Radfahrer stößt an die Grenzen seiner Leistungsfähigkeit, darüber hinaus geht es nicht. Der biologischen Manipulation hingegen sind keine Grenzen gesetzt. Was erlaubt ist und was nicht, wird entgegen der landläufigen Meinung nicht vom Konsumenten definiert, sondern von Experten, Medizinern und Sportfunktionären aus aller Welt. Indem sie die Rahmenbedingungen für die Arbeit ihrer Fahrer festlegen, sind auch sie Teil des Produktionsprozesses. Sie sind notwendig und unersetzlich, manchmal wichtiger als die Fahrer, denn die einen sind austauschbar, die anderen nicht. Der Fahrer als Mitglied der Arbeiterklasse wird am Gewinn beteiligt, wenn er als Leistungsträger einen klar erkennbaren Anteil am Gesamterfolg des Systems erwirtschaftet. Diese Voraussetzung erfüllen aber nur die Champions und allenfalls die besten Wasserträger. Wer Champion werden will, braucht das gewisse Etwas, das ihn zum Champion macht: Widerstandskraft, Ausdauer, Mut und eine körperliche Konstitution, die es ihm erlaubt, immer wieder Höchstleistungen zu erbringen. Und dann kommt so ein Junge wie Ben Abraham. Das System entdeckt ihn, es baut ihn auf, es profitiert von ihm, und er profitiert vom System.

Wie um alles in der Welt kommt dieser Junge nun auf die Idee, diesem System in den Rücken zu fallen?

Es ist unmöglich, das System zu überlisten, und es ist dumm, es zu versuchen. Alternativen gibt es nicht, der große Bruder ist allmächtig. Und kein Verbrechen wiegt schwerer als der Verrat am System. Es verzeiht nicht, es ist unerbittlich, gnadenlos.

Vergeben wird der Angriff auf den Kollegen auf dem Fahrrad, vergeben wird die Beleidigung des Endverbrauchers vor dem heimischen Fernseher.

Für den Einzelnen ist Gnade ein Begriff, der Einzelne ist bereit, dem reuigen Sünder Absolution zu erteilen. Wer aber den Masterminds in den Gremien, den Vertretern des omnipotenten Kapitals in die Suppe spuckt, der muss sie auslöffeln, bis er daran erstickt. Niemand kann und wird die Regeln ändern, das Mutterschaf hat viele Zitzen und die Lämmer sind zahlreich wie die Sterne am Firmament.

Das System ist unantastbar. Warum also nicht nach den Regeln spielen? Der Fahrer fährt und nimmt sich, was er braucht, um zu gewinnen. Er nutzt die Sicherheitsvorkehrungen des Systems, verhält sich umsichtig und intelligent. Er fährt ein paar gute Rennen und verdient in kurzer Zeit mehr Geld, als er sich je hätte träumen lassen. Aber was, wenn er doch erwischt wird?

Dann wird er gesperrt. Sollen die Sponsoren doch abspringen und ihn mit Klagen überziehen. Was soll's? Schlaue Füchse sorgen vor. Ein einziger Sieg bei einer großen Rundfahrt und ein goldener Lebensabend winkt dem, der seine Schäfchen ins Trockene zu bringen weiß.

Ein Heer von Anwälten und Finanzberatern hilft nach Kräften und sorgt dafür, dass den Angeklagten immer genug Zeit bleibt, ihr Geld in Sicherheit zu bringen. Und sie halten den Schaden, der durch Regressforderungen entstehen könnte, in erträglichen Grenzen. Das ist immer so, weiß Waitz, kein Zynismus, sondern eine Lektion, die das Leben schreibt. Man muss sie nur verstehen. Wer einmal ganz oben war, dem lacht die Sonne, und wenn er einmal verliert, dann ist es nur ein Schein. Der Nachweis des Betrugs ändert nichts an der großartigen Perspektive derer, die sich einen Namen gemacht haben. Wer sich an die Regeln des Systems hält und sich zur rechten Zeit erkenntlich zeigt, für den wird gesorgt. Sicher, der Ruf ist auf Jahre ruiniert, aber wer wollte schon ernsthaft an die Mär vom Unschlagbaren, vom Übermenschen, vom Größten aller Sportler glauben?

Wie man es auch drehe und wende, resümierte Waitz, am Ende habe der alte Hobbes doch recht behalten. Wenn es einen gibt, dem die Krone wirklich gebührt, dann ist es Thomas Hobbes.

Waitz öffnete das Fenster, ein laues Lüftchen wehte. Zufrieden schaute er hinaus in die sternenklare Nacht.

60

Ben bat den Taxifahrer, vor der Tür zu warten. Das Haus war stockdunkel. Ben ging zum Eingang und tastete nach dem Klingelknopf. Keine Antwort. Er trat einen Schritt zurück und sah die geschlossenen Fensterläden. Sein Blick wanderte über die Fassade, dann hielt er inne. Das Neonherz war nicht mehr da, keine Spur mehr von der Welt, die in schlanken Frauenarmen ruhte. Hatte Ben sich das alles nur eingebildet? Neonherz und Frauenarme aus innerer Not geboren, ein Hirngespinst als Ergebnis jahrelangen Missbrauchs leistungsfördernder Präparate? Wütend trat Ben gegen die Eingangstür.

Der Fahrer erschrak und rief Ben etwas zu, das feindselig klang. Ben ließ von der Tür ab, murmelte ein paar Worte, die der Mann als Versuch einer Entschuldigung auffasste, und fragte dann noch einmal nach der Adresse. Der Fahrer deutete auf das Haus mit der orangefarbenen Doppeltür auf der anderen Straßenseite. „Mais oui, Monsieur, c'est la Rue des Rosiers, 29, je peux vous l'assurer."

Einen Moment lang stand Ben ratlos da. Die Nacht war klar und mild. Ben roch den süßen Duft der Rosen in der warmen Luft, süß und fruchtig schmeckten sie, aber sein Mund war bitter und schal. Endlich stieg er in den Wagen. „Nach Gap, bitte fahren Sie mich nach Gap."

61

Am nächsten Tag rief Bens Mutter an. Ob das Päckchen gut angekommen sei und ob er sich freue? Ben bejahte artig, aber ohne innere Anteilnahme, er führte das Gespräch mit der Freiheit eines Angeklagten in einem mittelalterlichen Hexenprozess.

Bist du mit dem Satan im Bunde? Nein. Hast du dem Herrn abgeschworen? Nein.

Dem Angeklagten werden die Instrumente gezeigt. Noch einmal wird gefragt: Bist du mit dem Satan im Bunde? Nein. Hast du dem Herrn abgeschworen? Nein. So geht das Spiel weiter, hier und da durch kurze, aber höchst wirkungsvolle Einlagen zur Wahrheitsfindung aufgelockert, bis der Gefangene endlich zur Besinnung kommt und alle gegen ihn erhobenen Anschuldigungen in tiefer Reue und von Herzen bejaht. Es ist wahr, ja, es ist alles so wahr!

Ben sagte nichts, während die Mutter die Kraft afrikanischer Tiersymbole beschwor und die heilende Wirkung alchemistischer Wahrheiten pries, Dinge, die es wirklich gibt, die sich in Wundern offenbaren, umso deutlicher übrigens, je mehr die Wissenschaft sie ablehnt. Ben wusste, dass Widerspruch zwecklos war, und schwieg weiter.

„Und übrigens", sagte sie schließlich, „ich sage es dir nur ungern, aber du musst es wissen. Laura ist ausgezogen."

„Ja, ich gestehe", sagte Ben.

„Wie bitte?"

„Ach nichts, ich meine nur, dass das mit Laura irgendwie ... dumm gelaufen ist."

„Aber was meinst du mit dumm gelaufen? Wenn es stimmt, was sie mir erzählt hat, dann war es mehr als richtig, dass sie mit dir Schluss gemacht hat. Auch wenn der Zeitpunkt der Trennung jetzt, mitten auf der Tour, denkbar ungünstig ist."

„Warum gibt Laura dir Bescheid, wenn sie sich von mir trennt?"

Der Vorwurf schlug in offene Wut um.

„Mensch Ben, du hast doch überhaupt keine Ahnung von Frauen. Wie übrigens auch dein Vater, was der mir im Laufe der Zeit für Sachen aufgetischt hat ..."

„Ja, ich gestehe", unterbrach Ben schnell und legte ohne ein Wort des Abschieds auf.

Gelächter hallte vom Flur durch die Wände. Ben öffnete die Tür und sah, dass Bolte und Witti Besuch von ihren Frauen bekommen hatten. Sie waren auf dem Weg in die Stadt.

„Früher hätten sie mich gefragt, ob ich mitkommen will", dachte Ben mürrisch, fand es aber bald ganz gut so.

Wozu unter Frauen sein, wenn sie anderen Männern gehören? Ben redete sich ein, dass er der belanglosen Gespräche und der dummen Witze überdrüssig war. Da beschlich ihn eine böse Vorahnung, die bald Gestalt annahm wie ein Wanderer, der aus dem Nebel auftauchte.

Und der Wanderer zeigte sein Gesicht. Es war ein Gesicht, das von Einsamkeit zeugte; von einer Einsamkeit zweiten Grades, einer tiefen inneren Verlorenheit, an der auch die Anwesenheit anderer nichts zu ändern vermochte.

Ben war jetzt ganz allein; nicht allein um seiner selbst willen, wo er Ruhe gefunden hätte, nein, es war eine existentielle Einsamkeit ohne die Möglichkeit, sich im Anderen zu spiegeln, eine Einsamkeit wie die eines Schiffbrüchigen.

Ben öffnete eine Whiskyflasche. Der raue Duft von schottischem Torf stieg ihm in die Nase, die Wärme des Alkohols tat seiner Brust gut. Tatsächlich war dieser Moment des Vergessens ein Willkommensgruß aus der anderen Welt, der Welt, nach der sich Ben sehnte. Er trank ein halbes Glas und schenkte sich ein weiteres ein. Noch ein Schluck, dann ist es gut, dachte er, und dann dachte er, dass es gerne etwas mehr sein dürfte.

Ben ließ sich aufs Bett fallen. Er versuchte, die Farbe der Flüssigkeit in seinem Glas, die vom fahlen Licht der Nachttischlampe getrübt wurde, und ihren Geschmack zu bestimmen. Es war eine Mischung aus schwarzer Erde und dem satten Gelb reifer Bananen mit einem Schimmer von Aprikosen.

Ein leichter Regen fiel vom Himmel. Ben bemerkte den Regen, weil die Tropfen leise gegen das Fenster klopften und sich die Blätter im feuchten Wind kräuselten. Bens Kopf wurde schwer, Bilder aus seiner Kindheit stiegen auf. Er spielte mit Thilo im Garten. Meistens hatten sie Indianer und Cowboy gespielt, und Ben wusste noch, dass er immer Cowboy sein wollte, weil die gewannen. Es war ein Riesenspaß gewesen, je schlechter das Wetter war, desto mehr, weil man sich so schön dreckig machen konnte. Da fiel ihm ein, wie er einmal von Kopf bis Fuß mit nassem Lehm eingeschmiert ins Haus gekommen und schnurstracks in die Küche geschlichen war, wo es so verführerisch nach frisch gebackenem Kirschkuchen roch! Wenn Ben daran dachte, hielt er wie damals die Luft an, um den herrlichen Duft für immer festzuhalten.

Zurück im Hier und Jetzt, wieder das gleichmäßige Trommeln des Regens gegen das Fenster. Ben bewegte seine Finger im Rhythmus der prasselnden Tropfen. Plötzlich eine Unstimmigkeit, ein unregelmäßiges Klopfen, ein schiefer Ton. Ben zuckte zusammen und sah nach. Draußen ging jemand vorbei, eine Frau, vielleicht ein Kind, eine schlanke Gestalt jedenfalls. Ben wischte über das Fenster. Die Gestalt schaute unter einem Regenschirm hervor und hob die Hand, als wolle sie ihm zuwinken.

Ben verstand augenblicklich. Er zog seine Schuhe an und lief die Treppe hinunter. Wo war diese Person jetzt, wohin war sie gegangen? Links neben dem Eingang bemerkte er etwas, einen Gegenstand, der an einem Baum hing. Es war ein Spielzeugeimer. Er war am Sitz einer Kinderschaukel befestigt und schlug gegen den Baumstamm. Im Eimer klebte ein eingeschweißter Zettel mit der Aufschrift:

„In einer halben Stunde am Aussichtspunkt des Mont Filac, Kilometer sieben Richtung Gap. Ihr großer Bewunderer, Conscientio Mores".

Ben hatte den alten Mercedes vor zwei Tagen von Polle ge-
kauft. Er drehte den Zündschlüssel, die Batterielampe blinkte,
der Motor startete. Drei Minuten später gab er auf. Wütend
rannte er zu Polles Zimmer, hämmerte gegen die Tür. Keine
Antwort. Er überlegte, bei den Zimmernachbarn nachzusehen, zögerte aber.

Sollte er das wirklich tun? Zu oft war er schon weg gewesen, zu oft völlig verschlafen zum Frühstück erschienen.

Aber er brauchte das Auto! Ben lief durch die Gänge, an
einem Fenster zum Hof blieb er stehen. Lydia, Wittigs Frau,
stieg gerade in ihren Wagen.

„Hey Lydia, kannst du mir mal dein Auto leihen?"

„Hallo Ben", antwortete sie lachend, „Andy und ich fahren
in die Stadt, willst du nicht mitkommen?"

„Danke für die Einladung, aber ich muss noch woanders
hin. Ich habe gerade einen Anruf bekommen, es geht um einen Werbevertrag. Kann ich bitte dein Auto haben?"

Lydia stand unschlüssig im Nieselregen. Sie sah auf die
Uhr, es war halb drei, ihr Mann musste jeden Moment kommen, ebenso Bolte und Carla. Lydia fand es nicht richtig,
ihren Wagen herzugeben, das war klar, aber Ben Abraham,
dem zweifachen Sieger der Tour de France, dem Freund und
Vorgesetzten ihres Mannes einen Wunsch abzuschlagen,
noch dazu einen, der leicht zu erfüllen war – das wäre keine
gute Geste, zumal die Nachricht von der Trennung von Laura
bereits die Runde gemacht hatte. Ben brauchte sicher Ablenkung, mit wem auch immer.

„Also gut", sagte Lydia schließlich und drückte Ben den
Schlüssel in die Hand.

Sie sah zu, wie ihr BMW vom Parkplatz rollte. Sie hatte ein
ungutes Gefühl.

„Irgendwie komisch", dachte sie, ohne dem Gefühl auf den Grund zu gehen. Dann verdrängte die junge Frau, was sich nicht in Worte fassen ließ, aus ihrem Bewusstsein.

Der Regen war stärker geworden. Die Bäume bogen sich unter den Sturmböen, die flüssige Schatten vor sich her trieben. Ben schimpfte, schaltete den Scheibenwischer auf die höchste Stufe. Die Straße warf gleißendes Gegenlicht durch die Windschutzscheibe. Das Auto rollte langsam durch den Sturm, eingehüllt in ein Netz aus Reflexionen. Ben sah auf die Uhr. Fünfzehn Minuten waren seit der Nachricht vergangen, und das Navi zeigte noch zehn Kilometer bis zum angegebenen Treffpunkt an.

„Ich darf auf keinen Fall zu spät kommen", sagte Ben laut. Er rieb sich die Augen, als könne er so besser sehen. Unglaublich, dieses Wetter da draußen. Verärgert schlug er mit der Hand aufs Lenkrad. Er konnte so gut wie nichts sehen und fuhr rechts ran.

Aber es half nichts, er musste weiter. Endlich hatte er die Bergstraße erreicht, die sich in engen Serpentinen durch dichten Wald dem Ziel entgegen schlängelte. Noch fünf Minuten. Ben trat das Gaspedal durch. Ich muss rechtzeitig da sein, unbedingt! Conscientio Mores erwartete ihn, endlich kam er, um Ben die Rettung zu bringen, endlich gab er sich zu erkennen. Ein großer Moment, ein Wendepunkt in seinem Leben. Er gab Gas, bis der Motor aufheulte, und bremste in der Kurve fast bis auf Null ab. Noch einmal Vollgas und wieder auf null. Das Auto war die reine Freude, geschmeidig wie eine Katze und gleichzeitig schnell wie ein Windhund. Da löste sich ein Schatten aus dem Wasser. Er kam aus dem Nichts, war einfach da. Für den Bruchteil einer Sekunde fixierten zwei rote Punkte vor einer Wasserwand den schockstarren Fahrer, der reaktionslos geradeaus in den Schatten raste. Ein Knall, ein Schrei, das Quietschen der Bremsen, das leise Brummen des mächtigen Motors. Ben umklammerte das Lenkrad und schnaubte wie ein Stier im Ring. Der BMW hatte sich gedreht, war auf die Gegenfahrbahn geraten. Etwas hatte Ben gerammt, etwas Lebendiges, etwas, das schreien konnte. Bestimmt ein Tier, dachte Ben, schon wieder eine Katze? Nein, eine Katze hätte den Wagen nicht ins Schleudern gebracht, es musste ein Reh gewesen sein. Vielleicht. Er musste nachsehen. Er löste den Gurt und griff mit der linken Hand nach dem Türgriff. Im Augenwinkel tauchte die Armbanduhr auf, Bens Finger zuckten unwillkürlich. Nur noch drei Minuten. Kaum Zeit, um nachzusehen.

„Hoffentlich hat der Wagen nichts abbekommen", dachte er. Er stieg aus, der Regen peitschte ihm ins Gesicht, er wischte sich die Augen, fand keinen Fehler am Auto und beruhigte sich ein wenig. „Alles halb so schlimm, das Auto sieht gut aus und das Vieh wird's überleben."

Zweieinhalb Minuten später erreichte er den Aussichtspunkt. Er stellte den Motor ab, stieg aus und stellte sich ins Scheinwerferlicht. Mores musste jeden Moment hier sein. Dann hörte Ben ein Geräusch. Es kam von oben, vom Berg. Das musste er sein. Bens Puls galoppierte. Endlich würde er seinem Retter begegnen, sie würden sich Auge in Auge gegenüberstehen, und er, Ben, würde sich erkenntlich zeigen. Ein Lichtstrahl, der langsam heller wurde. Jetzt konnte Ben den Wagen sehen. Es kam näher, wurde langsamer und ... fuhr vorbei!

Der Regen rann an Bens Gliedmaßen herunter wie an einem Eisblock. Es gibt eine Art Enttäuschung, die kommt wie der Tod. Nichts bleibt zurück.

Das Auto war weg, weggespült von der Sintflut. Er hatte nicht einmal die Marke erkennen können, geschweige denn, wer darin saß. Ben lief ratlos durch den Regen. Er war am Ende. Er war klatschnass und fror erbärmlich. Mechanisch setzte er sich auf den Fahrersitz und drehte den Zündschlüssel.

Ein Blick auf die Uhr zeigte sieben Minuten zu spät. Tief in seiner Seele nahm das Unheil seinen Lauf, weiter oben war es, als hätte sich ein Rudel Wölfe in sein Gehirn verbissen.

Mores war schon dagewesen. Ben war zu spät gekommen. Es war möglich, aber Ben glaubte nicht daran. Eine halbe Stunde hatte er Zeit gehabt, und eine halbe Stunde hatte er gebraucht, um diesen trostlosen Ort zu erreichen.

Vielleicht hatte Mores nie vorgehabt, ihn hier zu treffen. Und er, Ben, war nur eine Schachfigur, ein Bauer unter vielen, der vorrücken durfte, wenn der König es wollte, der zuschlagen durfte, wenn der König es wollte, der geopfert wurde, wenn der König es wollte; eine Marionette, ein Spielzeug, geschaffen, um bespielt zu werden. Das war der Preis für die Droge, der Preis für den Sieg.

Erschöpft legte Ben den Kopf auf das Lenkrad. Nach einer Weile lenkte er den Wagen zurück auf die Straße. Im Lichtkreis der Scheinwerfer sah er eine rote Fahne flattern. Sie hing an einem Ast auf der anderen Straßenseite, zweifach gefaltet, mit einem tiefen Einschnitt, wie die nepalesische. Vielleicht war eine Naht darin, dachte er, eine Öffnung, in die man ... Aber da war Ben schon vorbei. Er hielt an, fuhr ein paar Meter zurück, die Fahne war nicht mehr zu sehen. Ben lächelte bitter und fuhr weiter.

64

Am Morgen des übernächsten Tages meldeten die regionalen Tageszeitungen „Kind von Auto erfasst. Fahrer flüchtig".

Wittig hatte die Zeitung wie jeden Morgen zum Frühstück mitgebracht. Er übersetzte das Wichtigste ins Deutsche, und als Ben mit etwas Verspätung in den Frühstücksraum kam, war das Ereignis schon in aller Munde.

„Guck mal in die Zeitung, Ben, das ist ja eine Schweinerei! Weiß der Geier, was das Kind vorgestern bei dem Sauwetter im Wald verloren hat, aber den Drecksack, der es überfahren hat, den sollte man an den Eiern aufhängen!"

Ben starrte auf das Foto von der Unfallstelle. Sein Gedächtnis sagte ihm, dass er die Stelle kannte, aber die Erinnerung war vage und verschwommen, halb erloschen.

„Wo genau war das?"

„Da", sagte Wittig, „an der Straße nach Vignon. Das Mädchen hat offenbar am Fuße des Berges gewohnt, ganz in der Nähe unseres gestrigen Quartiers. Es war im Wald spielen, dann rief die Mutter, um es wegen des schlechten Wetters nach Hause zu holen, es rannte los, überquerte die Straße, und dann ...". Ben legte die Zeitung zur Seite und entschuldigte sich.

„Aha, der Chef setzt sich auf den Thron", spottete Bolte, und alle bis auf einen lachten über den blöden Witz. Waitz sah Ben misstrauisch an. War der Junge wirklich auf dem Weg zur Toilette?

Ben ging nicht zur Toilette, sondern zum Parkplatz. Dorthin, wo er den BMW abgestellt hatte, wo es Spuren geben musste, die Aufschluss geben würden.

Er hat das Mädchen nicht angefahren, dachte Ben. Auf keinen Fall. Es war ein Reh gewesen. Er hatte die Augen eines Tieres gesehen, für einen Moment hatten sie glühend rot durch die Wasserwand geblickt, die Augen eines Tieres, nicht die eines Menschen. Es musste einen Beweis geben, ein Stück Fell, einen Hornsplitter, einen Fleck getrockneten Tierblutes an der Stoßstange. Ben suchte das Auto mit wachsender Aufregung ab, fand aber nichts und machte kehrt.

„Ah, da bist du ja", begrüßte ihn Wittig, „ich hoffe, das Meeting war erfolgreich." Erneutes Gelächter, aber Verärgerung bei dem, der im Mittelpunkt stand. Trotzdem entschied sich Ben, mitzulachen.

„Alles paletti, Leute!", rief er energisch, klatschte in die Hände wie zum Applaus für den gelungenen Spaß und kniff seinen Edelhelfer fest in den Arm, dass es wehtat.

65

Das Mädchen erlitt Kopfverletzungen und lag im Koma. Das Ereignis versetzte die ganze Gegend in Aufruhr, die Polizei suchte fieberhaft nach dem Unfallwagen, und die Bürger unterstützten sie nach Kräften. Niemand entkam der Inspektion durch Nachbarn, Spaziergänger, die Ahnungslose mimten, wie zufällig Kreise um Autos drehten und sie doch mit gierig prüfenden Blicken bedachten, als stünden überall Ferraris und Lamborghinis herum. Eine Analyse von Gewebeproben sei in Auftrag gegeben worden, aber man müsse das Ergebnis abwarten und auf neue Hinweise hoffen, um den Täter zu fassen. Dass das Mädchen von einem Fremden, einem Ausländer, überfahren worden sein könnte, kam ironischerweise niemandem in den Sinn. Im Gegenteil, man ging wie selbstverständlich davon aus, dass der Flüchtige aus der Nachbarschaft stammen müsse. Eine merkwürdige Voreingenommenheit, die selbst die Polizei erfasste, die Ermittlungsarbeit in falsche Bahnen lenkte und sie schließlich so weit beeinträchtigte, dass man Autos von Ortsfremden oder Urlaubern, die sich zur fraglichen Zeit in der Gegend aufgehalten haben könnten, als Fahndungsziele schlicht ignorierte.

Inzwischen kam man in ganz Frankreich an der Geschichte nicht mehr vorbei, die Medien hatten sich des Themas angenommen, Fernsehen und Radio berichteten pausenlos, im Internet liefen Liveticker. Und so begann auch Lydia, die einen Tag vor der Königsetappe nach Alpe d'Huez und zweihundert Kilometer vom Tatort entfernt ihrem Mann die Daumen drückte, sich Gedanken zu machen.

Es war noch etwas Zeit, bis Wittig vorbeifahren würde. Lydia räumte ihren Platz in der ersten Reihe und ging zu ihrem Auto. Sie ging um das Auto herum, strich hier und da mit der Hand über den silbernen Lack, betrachtete die Windschutzscheibe, die Türen und die Reifen.

Alles war unauffällig. Lydia atmete erleichtert auf. Es war, als hätte sich ein Ventil für den angestauten Druck in ihrem Herzen geöffnet. Doch schon auf dem Rückweg zu ihrem Ausguck auf das Peloton hielt sie inne. Sie erinnerte sich – ganz flüchtig war das Bild, kaum wahrnehmbar und doch wie eine Berührung. Sie ging zurück zum Wagen. Und jetzt sah sie es: Auf dem rechten Radspoiler war ein kleiner roter Fleck, dort, wo das Metall wie ein Mundwinkel nach oben gebogen war und eine Kerbe bildete. Lydia berührte die Stelle mit dem Finger. Einen Moment lang hielt sie in gebückter Haltung inne. Es war keine Farbe. Es fühlte sich an wie ein Stück Stoff. Lydia kratzte etwas ab und ging in den Schatten, um besser sehen zu können. Tatsächlich, die Fasern waren deutlich zu erkennen. Regungslos, wie erstarrt, stand sie unter den Ästen der Latschenkiefer, deren Schatten nun wie unheilvolle Vorboten auf sie fielen. Unzählige Zeitungs- und Fernsehberichte tauchten vor ihrem inneren Auge auf. Das Mädchen trug ein rotes Kleid, ein rotes Kleid, ein rotes Kleid!

Lydia sank auf die Knie, Tränen liefen ihr aus den Augen.

Ungläubig betrachtete sie den Stoff. Wie war das möglich? Im Hintergrund war ein ohrenbetäubender Lärm zu hören.

Aber Lydia hörte nicht hin, es war ihr egal. Sie saß da und weinte, den Kopf in die Hände gestützt, während ihr Mann an ihr vorbeirauschte, bereit, sein Bestes für den ewigen Ruhm zu geben.

66

Ben war überrascht, dass Lydia ihn sprechen wollte. Sie hatte eine Nachricht an seiner Zimmertür hinterlassen, einen mit dickem Faserschreiber beschriebenen Zettel. Als sein Handy klingelte, hatte Ben schon eine Ahnung, wer der Anrufer sein könnte. Er nahm ab. Lydia bat um ein Treffen unter vier Augen an der Ecke Rue des Vosges und Rue des Alpes. Ben hatte überhaupt keine Lust, sich darauf einzulassen, willigte aber ein, weil er sicher war, dass sie ihn nicht in Ruhe lassen würde, wenn er ablehnte.

Lydia kam gleich zur Sache. „Was ist an dem Tag passiert?"

„An welchem Tag?"

„Na, der Tag, an dem ich dir meinen BMW geliehen habe."

„Da ist nichts passiert. Ich war bei einem Sponsorentermin und zwei Stunden später wieder im Teamquartier, das war's."

Ben wusste nicht, wie kurz die Beine dieser Lüge waren.

„Wo war das Treffen? In Vignon?"

„Nein."

„Wo war es dann?", hakte Lydia nach.

„Hör mal", empörte sich Ben, „ist das jetzt ein Verhör oder was?"

„Sieh es, wie du willst. Ich muss wissen, wo du warst. Ich

muss wissen, ob du nach Vignon gefahren bist. Ich weiß, dass das möglich ist! Ich muss wissen, ob du das Mädchen überfahren hast!"

„Du bist aber verrückt geworden", schrie Ben. „Ich habe niemanden angefahren, es ist nichts passiert!"

„Wie heißt der Ort, wo du dich mit diesen Leuten getroffen hast?"

„Ich ... ich weiß es nicht mehr. Verdammt, diese blöden französischen Namen kann sich doch kein Mensch merken!"

„Aber du hast dir die Namen deiner Sponsoren gemerkt, oder?"

„Ich weiß nicht, was dich das angeht!"

„Und ich will wissen, was dich *das* angeht." Lydia hielt Ben den Stofffetzen unter die Nase.

„Was ist das denn?"

„Ein Stück Stoff, das am Spoiler meines Autos klebte und aussieht, als könnte es von einem Kleid stammen, das vielleicht ein Kind getragen hat, das ... das halbtot im Krankenhaus liegt und von dem niemand weiß, ob es überleben wird!"

Ben presste die Lippen zusammen.

„Verdammt, Ben, verstehst du denn nicht? Das ist mein Auto und du bist damit gefahren und hast ..."

Lydia hatte die Hand nicht kommen sehen. Ihr Kopf flog zur Seite, entsetzt griff sie sich an die schmerzhaft pochende Wange. Plötzlich saß sie auf dem Boden, benommen und ohne Erinnerung daran, wie sie dorthin gekommen war. Zum zweiten Mal sah sie die Hand kommen, eine furchtbare Hand, die im nächsten Augenblick ihre Finger zertrennen würde. Lydia schrie laut auf, und der kleine Stofffetzen fiel zu Boden.

Ben hob es auf und stopfte es sich schnell in den Mund.

„Da hast du es, Schlampe, und jetzt verschwinde. Noch ein Wort und ich schwöre bei Gott, ich mach dich fertig!"

Das Einzelzeitfahren von Embrun nach Chorges war die letzte Chance für Ben, Zeit auf Mulligan gutzumachen, bevor das Peloton die Alpen erreichte. Es waren 32 Kilometer mit mittlerem Schwierigkeitsgrad zu bewältigen, eine Strecke für „les rouleurs", wie man im Radsportjargon sagt, für Leute, die über lange Strecken mit großen Gängen fahren können. Mulligan hatte nicht allzu viel Vorsprung, aber bekanntlich ist er in den Bergen noch stärker als im Zeitfahren. Soweit die Theorie, der sich Ben voll und ganz hingab. Er schaffte es sogar, für einen kurzen Moment seine vielen Zweifel beiseite zu schieben und die fröhlichen, erwartungsvollen Gesichter der Zuschauer wahrzunehmen, die dem heutigen Spektakel entgegenfieberten; er erinnerte sich an seine Anfangsjahre, als er, bebend vor Vorfreude, endlich die großen Stars Mann gegen Mann hautnah erleben durfte, und wie er, sich mit Händen und Füßen an die in der Sonne gleißenden Absperrungen klammernd, seinen Idolen zugejubelt hatte.

Nun aber stand Polle vor ihm und forderte ihn auf, das Aufwärmen zu beenden, und Ben wurde wehmütig; er fühlte, wie seine glücklichen Bilder mit jeder Umdrehung an Schärfe verloren, wie sie matter und schwächer wurden, wie die Schatten seiner inneren Welt sie schließlich umarmten und in die Dunkelheit mitnahmen.

„Wie gewonnen, so zerronnen", dachte Ben traurig.

Zehn Minuten später rollte er von der Rampe und fuhr ein gutes Rennen, ohne Mores, ohne Laura, ohne Waitz oder sonst jemanden, er fuhr es ganz allein. Wäre er nicht zum Siegen geboren, hätte ihn seine Leistung sicher mit Stolz erfüllt. Er wurde Dritter. Nur Pellegrini und Mulligan waren noch ein kleines bisschen besser als er.

Wie jeden Morgen gab es auch am 24. Juli eine Teambesprechung. Waitz wandte sich an Ben.

„In den nächsten Etappen wird sich die Tour entscheiden. Wir erwarten von dir, dass du das Team anführst und dein Bestes gibst." Als ob das nicht selbstverständlich wäre!

„Ich gebe immer mein Bestes", entgegnete Ben trotzig und hoffte, dass die Sache damit erledigt war. Waitz tat so, als hätte er die Aufregung nicht bemerkt.

„Was ich damit sagen will, ist, dass du von jetzt an alles aus dir herausholen musst! Ich will, dass du alles einsetzt, was dir zur Verfügung steht, ich will, dass du fährst, als wäre der Teufel hinter dir her!"

„Willst du damit sagen, dass ich mich nicht genug anstrenge?"

„Genau das meine ich. Es geht um den Sieg bei der Tour de France, es geht um die Arbeit der ganzen Saison, es geht um alles. Du bist nicht allein auf der Welt, Ben, du fährst für das Team, und als Spitzenfahrer trägst du die Verantwortung!"

„Aber das weiß ich doch alles!"

„Du brauchst dich nicht aufzuregen", sagte der Teamchef ruhig, „das ist kein Affront. Wir sind ein Unternehmen, und wie alle Unternehmen leben wir vom Ertrag unserer gemeinsamen Arbeit. Ich will, dass wir so erfolgreich sind, wie man es von uns erwartet. – Und übrigens", fügt er hinzu, während ein leichtes Lächeln seine Mundwinkel umspielt, „werden wir Istomin unter Vertrag nehmen. Er wird in der nächsten Saison für uns fahren".

Ben wurde leichenblass. Istomin! So war das also. Istomin sollte seinen Platz einnehmen. Ben spürte die Bedrohung, die von diesem Mann ausging, körperlich, sein Herz schlug wie Galeerentrommeln, die zum Angriff trommeln. Offensichtlich war das Management dabei, seine Position zu untergraben, indem es einen Machtkampf zwischen zwei fast gleich starken Fahrern anzettelte. So machten sie das, wenn sie einen Fahrer loswerden wollten!

„Weißt du, Eduardo", sagte Ben, „ich habe die Vorwürfe langsam satt. Mal trainiere ich zu wenig, mal fehlt mir der Biss, mal bin ich zu viel unterwegs. Es gibt immer etwas zu meckern. Und jetzt wollt ihr mir auch noch Istomin vor die Nase setzen. Was soll das?"

„So ist das Geschäft", entgegnete Waitz trocken. „Ich wiederhole: Du gibst alles, was in dir steckt, dann gibt es keinen Grund zur Sorge." Die Blicke der beiden Männer trafen sich. Glühender Hass und glühende Verachtung. Es gab einen klaren Sieger.

„Jetzt hat er's endlich kapiert", flüsterte Waitz mit fest zusammengepressten Lippen, so dass es niemand hören konnte.

69

Bergetappen schulen die Fähigkeit, die Erschöpfung mit Würde zu ertragen. Ihre Würde zu bewahren, war das letzte und letztlich einzige Bestreben der erschöpften Fahrer.

Manche weinten, als sie das Ziel erreichten. Tränen des Schmerzes und des Glücks, vor allem aber der Erleichterung. Die Qual hatte ein Ende.

Ob Ben geweint hat, wissen wir nicht. Aber er wird sich gefreut haben: Er war zeitgleich mit Mulligan und Pellegrini im Ziel. Die Tür zum Gesamtsieg war wieder offen.

Im Teamwagen erhielt Ben eine ausgiebige Massage. Da Wohlbefinden Fantasien weckt, dachte er daran, Laura anzurufen. War die Beziehung doch noch zu retten? Nein, mit Laura war es vorbei.

Aber Thilo? Und seine Mutter?

Die Familie hat immer zu mir gehalten, dachte Ben, und sie wird es auch diesmal tun. Zurück in seinem Zimmer wählte er Thilos Nummer. Nach ein paar Tönen legte er auf. Seltsam, sonst war er immer dran. Warum diesmal nicht?

Ben hatte keine Lust, es noch einmal zu versuchen. Er wollte einen Spaziergang machen, aus einem unklaren Bedürfnis heraus. Gegen 19 Uhr verließ er das Mannschaftsquartier in Richtung Süden, ging langsam, vorsichtig, als hätte er Angst, irgendwo anzustoßen. Er bemerkte den Mann nicht, der ihm folgte. Wieder Lucien? Nein, er war es nicht.

Waitz wechselte seine Spione in regelmäßigen Abständen aus. Wie die meisten Menschen fühlte sich Ben manchmal unwohl, mit dem unheimlichen Gefühl, beobachtet zu werden, das jeder kennt, der etwas Peinliches tut. Ben hatte sich schon oft umgeschaut. Aber diesmal tat er es nicht, zu sehr war er darauf bedacht, den Weg vor sich genau zu erkennen. Plötzlich bog er in eine unscheinbare kleine Gasse ein. Sie war dunkel und kühl, führte bergauf und endete im Kirchhof einer alten Jesuitenkapelle.

Ein Mönch arbeitete im Garten. Ben blieb stehen, um ihn zu beobachten. Nach einer Weile richtete sich der Mönch auf, legte die Spitzhacke beiseite und ging bedächtig, den Kopf gottesfürchtig gebeugt, auf den Eingang der Kapelle zu. Ben war beeindruckt von den gleichmäßigen, fließenden Bewegungen des Mannes, die Würde und Aufrichtigkeit ausstrahlten. Der Mönch öffnete die Tür und verschwand im Halbdunkel der Kapelle.

Da tauchte eine weiße Hand aus der Dunkelheit auf. Sie neigte sich zur Seite, erhob sich senkrecht und neigte sich wieder. Winkte die Hand? Und wenn ja, wem galt das Winken?

Ben drehte sich um. Nein, niemand war in der Nähe.

Ben ging vorsichtig auf die Kapelle zu, gebremst wie getrieben von Argwohn und Neugier. In der Tür blieb er stehen und blinzelte in die Dunkelheit. Im Chorraum sah er das große Kreuz über der Kanzel hängen und Maria Magdalena, die zum Gekreuzigten aufblickte und betete.

Eine tiefe, sanfte Männerstimme forderte Ben auf, näher zu kommen. In der Kapelle war es angenehm kühl und es roch nach frischem Weihrauch. In der ersten Reihe kniete ein Mönch vor dem Kreuz. Seinen Kopf bedeckte eine weiße Kapuze. Ben setzte sich in die zweite Reihe. Es folgte eine Zeit des Schweigens. Dann sprach der Mönch.

„Diese Kirche ist ein heiliger Ort."

Ben hatte das Gefühl, etwas erwidern zu müssen, aber es gelang ihm nicht.

„Hab keine Angst", sagte der Mönch. Seine Stimme klang im Hall der Kirche noch sanfter als zuvor. „Hier bist du sicher. Und nun sag mir, aus welchem Grund bist du hierher gekommen?"

Ben war verwirrt. Der Mönch hatte recht. Ben hatte tatsächlich Angst. Eine Furcht vor dem Unbekannten, das sich in den Winkeln dieser Kirche verbarg, eine Furcht vor dem Heiligen.

Und doch verspürte Ben den Wunsch, mit dem Mönch zu sprechen. Er war dankbar für die Gelegenheit, die sich ihm bot.

Aber er sagte nur: „Ich bin hier, weil ... ich nicht weiß".

„Oh", antwortete der Mönch, „ich glaube, du weißt es."

Ein Summen wie von einem Wespenschwarm vibrierte in Bens Schläfen. War es möglich, dass er diesem Mann schon einmal begegnet war?

„Sagen Sie, kennen wir uns?" „Sie sind Ben Abraham", sagte der Mönch. „In Frankreich kennt Sie jedes Kind." Da spürte Ben für einen Moment den Stolz und die Freude der Kinder.

„Mein Name ist Abbé Paul. Ich bin ein Diener Gottes – und ein großer Radsportfan."

„Das freut mich", sagte Ben bescheiden.

„Ich bewundere Sie sehr", sagte der Abbé, und Ben wurde verlegen wie ein junges Mädchen vor dem Blumenstrauß seines ersten Verehrers.

„Ich fühle mich geehrt", sagte er und kam sich sofort lächerlich vor.

„Fahren Sie deshalb Rad?"

„Wie, ich verstehe nicht?"

„Aus Ehre?"

Ben hätte dem Abbé gern in die Augen gesehen. Sollte er ihn bitten, die Kapuze abzunehmen? Sollte er sich zu ihm setzen? Ben entschied sich dagegen.

„Ich treibe Sport ... aus Liebe", sagte er.

„Aus Liebe ... wie schön!" Ben glaubte, den Abbé lächeln zu hören. Es ist unmöglich, jemanden lächeln zu hören. Aber Ben hörte es doch.

„Das interessiert mich sehr", fuhr der Abbé fort. „Sagen Sie, was ist das für eine Liebe, die Sie für Ihren Sport empfinden?"

„Ich weiß nicht, ich bin einfach verrückt nach Radfahren", sagte Ben. „Das war schon immer so. Ich liebe die Geschwindigkeit und den Fahrtwind im Gesicht, das Surren der Reifen auf dem Asphalt, das leise Ticken der Gangschaltung und – und das wunderbare Gefühl, wenn keiner mehr vor mir ist ..."

„Aaah", sagte der Abbé, als erwarte er die Enthüllung eines lange gehüteten Geheimnisses, „und was noch?"

„Ich liebe den Jubel der Menschen am Straßenrand. Menschen, die nur für uns da sind, nur für uns, für unsere Kämpfe, für unsere Siege, für unsere Niederlagen."

„Für euch sind sie gekommen, für euch jubeln sie?"

„Aber ja. Für uns sind sie da, sie wollen uns kämpfen, leiden, triumphieren sehen."

„Für die Gekreuzigten auf dem Berg sind sie gekommen."

„Nein", sagte Ben zögernd, „das geht mir jetzt doch zu weit."

Er schüttelte den Kopf. Ohne es zu merken, löste er das Ingwenya-Krokodil von seinem Hals. Hatte er das getan, damit seine Hände etwas berührten, das ihm vertraut war? Was sollte er jetzt sagen? Die Bemerkung des Abbés war seltsam und machte ihn wütend. Er beschloss, in die Offensive zu gehen.

„Hören Sie, ich weiß nicht, worauf Sie hinauswollen. Warum sollte ich Ihnen antworten? Das muss ich nicht."

„Nein, mein Lieber, das musst du wirklich nicht", sagte der Abbé. „Aber sag mir, wie bist du an diesen heiligen Ort gekommen, was führt dich hierher – zu mir?"

„Ich ... ich dachte, ich hoffte, dass ich Ruhe und Klarheit ..."

Der Abbé fiel Ben ins Wort.

„Du sagst es. Du hast dich nach Ruhe gesehnt. Und jetzt bist du hier."

„Ja, aber, Herr Abbé", entgegnete Ben etwas unfreundlich, „ich verstehe immer noch nicht, worauf Sie hinauswollen."

Bens Ton beeindruckte den Abbé nicht.

„Siehst du", sagte er ruhig, „jetzt ist es raus. Eben noch hast du an die magische Wirkung dieses Ortes geglaubt, an die Symbolkraft der Kapelle, an ein Versprechen von mir. Und jetzt spürst du, dass die Wahrheit nicht hier ist. Du hast am falschen Ort gesucht."

Ben blickte ratlos in die Dunkelheit. Plötzlich wurde ihm kalt.

„Du musst in deinem Herzen suchen, Ben. Dort wirst du deine Wahrheit finden. Du selbst hast sie dort eingeschlossen, damit der Verstand sie nicht ergründet, damit die Vernunft dein wahres Wesen nicht enthüllt. Lüfte den Schleier! Es liegt in deiner Macht, dein Geheimnis zu lüften."

Ben griff sich an den Hals, der unwillkürlich krampfte wie

unter dem Druck einer Würgeschlange. Er sprang von der Bank.

„Das ist nicht wahr, Abbé", sagte er eisig. „Ich habe mich geirrt, ich muss jetzt gehen." Entschlossen ging er zur Tür. Er wartete darauf, dass der Abbé noch etwas sagte, seine Einladung erneuerte, dass die Schlange den Würgegriff lockerte. Vor dem Portal blieb Ben stehen. Gleißendes Abendlicht umflutete ihn. Er drehte sich um und blinzelte in das dunkle Kirchenschiff. Der Abbé war verschwunden.

70

Für die Stadtrundfahrt in Grenoble ließ sich Lydia entschuldigen. Sie hatte keine Lust auf historische Fassaden und alte Geschichten. Außerdem war ihr nicht nach Gesellschaft zumute. Schon am Vorabend war sie früh zu Bett gegangen.

Lydia hatte überlegt, ihren Mann über den Vorfall mit Ben ins Vertrauen zu ziehen. Aber jetzt verzichtete sie darauf. Sie kannte ihren Mann. Er wäre sehr aufgebracht gewesen, hätte sich vielleicht zu groben Unfug hinreißen lassen. Eine offene Konfrontation mit Ben wäre tödlich gewesen.

Lydia erinnerte sich, wie Ben sie angesehen hatte, wie er sie geschlagen hatte. Ein wütendes Feuer hatte in seinen Augen gebrannt, Lydia konnte es fast auf ihrer Haut spüren. Sie hatte schreckliche Angst. Sie wusste, Ben würde seine Drohung wahr machen und alles zerstören, was sie sich aufgebaut hatte.

Aber das Kind, das Ben auf dem Gewissen hatte, ging ihr nicht aus dem Kopf. Sie dachte an die Qualen, die es hatte erleiden müssen, an die armen Eltern, die durch die Hölle gegangen waren, weil dieser feige Karrierist sich im entscheidenden Moment aus dem Staub gemacht hatte. Sie fragte sich, wie er sich wohl gefühlt hatte in dem Moment, als der Wagen das Kind überrollte, wie es geknallt hatte und er überlegt hatte, was er tun sollte, und wie er dann, das blutende Kind vor Augen, mit kühlem Kopf den Fuß auf das Gaspedal gesetzt hatte und seelenruhig davongefahren war, einfach davongefahren, mit seinem verdammten Fuß auf Lydias Gaspedal!

In Gedanken stand Lydia am Straßenrand und beobachtete das Geschehen. Sie versuchte einzugreifen, dem verletzten Kind zu helfen, und doch wusste sie, dass sie es nicht schaffen würde. Es war zu spät. Lydia wurde übel. Sie erbrach sich. Sie erbrach sich über ihre Mitschuld an diesem Verbrechen und sie spürte, wie die Last ihrer Schuld mit jeder Minute, die verging, schwerer wurde. Lydia schloss die Augen. Der Gewissenskampf war in vollem Gange. Wieder die schrecklichen Bilder, wieder der drohende Abraham, wieder Schuld, Verantwortung, quälende Scham!

Als Lydia die Augen aufschlug, war die Entscheidung gefallen. Ihre Stimme klang fest und bestimmt. Die Empfangsdame hörte aufmerksam zu. „Geben Sie mir bitte die Polizei. Ich möchte eine Aussage machen."

71

Die Etappe war 177 Kilometer lang. Ben fuhr mit den anderen Favoriten über den letzten Berg. Auf der Abfahrt vom Col de la Croix de Fer hörte Ben in seine Beine. Sie fühlten sich gut an und er glaubte, heute gut mithalten zu können. Im Anstieg zum Col du Glandon fuhren alle Favoriten mit ihren

Edelhelfern in einer Gruppe. Am Gipfel waren es noch vier, Pellegrini, Johnson, Gerwitz und Mulligan. Ben folgte mit 20 Sekunden Rückstand, dahinter der völlig entkräftete Wittig.

Auf der letzten Abfahrt wuchs der Abstand auf 25 Sekunden an. Wittig schloss zu Ben auf und die beiden erreichten das Ziel dreißig Sekunden nach Johnson, dem Sieger der vierköpfigen Spitzengruppe.

Das Gelbe Trikot war nun in weiter Ferne. Eine Minute und drei Sekunden. Es war wieder Zeit für ein Wunder, ein Wunder am letzten Berg der Tour, das nur Mores vollbringen konnte. Gott sei Dank war morgen Ruhetag.

Am Abend verspürte Ben eine seltsame Ruhe. Er konnte sich nicht erklären, worauf diese Zuversicht beruhte. Es war eine fast kindliche Naivität, ein Vertrauen gegen alle Wahrscheinlichkeit und gegen alle Vernunft.

Der Glaube an Mores machte es möglich. Wenn einer Wasser in Wein verwandeln konnte, dann er. Vertrau ihm und alles wird gut!

„Alles wird gut", wiederholte Ben und legte sich die Hand auf die Brust.

Mores. Und das Amulett. Mores würde er morgen treffen, aber das Amulett besaß er schon, bereit, jeden Moment seine Magie zu entfalten. Ben berührte seine Brust an der Stelle, wo er das Ingwenya-Krokodil vermutete.

Plötzlich sprang er aus dem Bett und lief vor den Spiegel. Das Krokodil war nicht da!

Noch am selben Nachmittag ließ Ben sich von Polle in Dr. Malers Auto nach Grenoble fahren. Er wies den Masseur an, an der Abzweigung zu einer schmalen, bergauf führenden Gasse anzuhalten. Es waren kaum zweihundert Meter bis zur Kapelle.

72

Die Abendsonne warf weite Schatten in den östlichen Park, wie die Finger eines Zauberers strichen sie über den Garten und die Beete. Ben lief schnell zum Eingang. Ein Türflügel stand offen, drinnen war es stockfinster. Ein Hauch von modrigem Weihrauch und altem Eichenholz wehte ihm entgegen. Ben tastete die Wand ab und fand einen Lichtschalter. Eine kleine Lampe an der Rückwand warf mattgoldene Farbtupfer in den Raum. Im Chorraum erkannte Ben die Silhouette des Geistlichen, der unter dem Kreuz kniete, an derselben Stelle wie am Vortag. Ben ging zielstrebig zur zweiten Bankreihe. Er fand sein Krokodil und nahm es an sich.

„Ich hatte mein Amulett hier verloren."

„Ich freue mich, dich noch einmal hier begrüßen zu dürfen", sagte der Abbé.

„Gott sei Dank habe ich es gefunden. Aber jetzt muss ich gehen."

„Hast du noch etwas vor?"

Ben bejahte.

„Was denn?", fragte der Abbé.

„Ich muss mich für übermorgen vorbereiten. Auf dem Col du Galibier wird sich die Tour entscheiden."

„Sag mal, wie bereitet man sich auf so eine Etappe vor?"

Ben setzte sich endlich.

„Man ruht sich aus, macht zwei lockere Trainingseinheiten, Massagen, etwas Freizeit, das Übliche eben."

„Und wie fühlst du dich an so einem Tag? Hast du Angst vor der Anstrengung? Vor den Schmerzen?"

„Nein."

„Vor einem Unfall?"

„Unfälle sind unser Berufsrisiko", sagte Ben. „Das gehört einfach dazu. Wir dürfen uns nicht gehen lassen."

„Unfälle sind euer Berufsrisiko", wiederholte der Abbé aufreizend langsam. „Und auch das Risiko derer, die euch nahestehen?"

Bens Herz schlug ungewohnt heftig. Wieder begann sich die Schlange um Bens Hals zu schlingen. Warum stand er nicht einfach auf und ging? Die Worte des Abbés ätzten wie Säure, sie suchten im Verborgenen, aber was sie suchten, das wusste Ben nicht.

„Vielleicht ist es nur die Angst zu verlieren", sagte er ausweichend.

„Aber was hast du zu verlieren?"

Was für eine dumme Frage! Wenn er nicht gewann, verlor er alles, das war doch klar.

„Ich verliere den Sieg, was sonst!"

Der Abbé erwiderte, er verstehe den Sinn nicht, und Ben ergänzte: „Alles ist verloren, alles. Den Zweiten fressen die Hunde. Nur der Sieg zählt, nur dem Ersten bleibt ..."

„Unsterblichkeit?"

„Ja, wenn man so will: Unsterblichkeit!"

„Aber nur Gott ist unsterblich, nicht wahr?" Die Stimme des Abbés klang wie klares Wasser, das plätschernd über Granit fließt. Ben richtete sich auf. Er war entschlossen, diesem fremden, beunruhigenden Mann in die Augen zu sehen.

Ohne sich umzudrehen, hob der Abbé den Arm. Ein Arm als Warnung, nicht näher zu kommen. Es gab eine Linie, die Ben nicht überschreiten durfte, und er respektierte sie.

Der Abbé blickte auf das Kruzifix über dem Kirchenschiff.

„Dieser ist auferstanden! Und jetzt willst du wie er sein?"

„Das ist doch nur symbolisch gemeint", protestierte Ben.

„Du willst sein wie Gott?"

„Wie Gott sein? Ich weiß nicht, worauf Sie hinauswollen! Ja, meinetwegen, wenn ich auf dem Fahrrad sitze, will ich wie Gott sein."

„Gott willst du also sein. Ein Radgott. Aber sag mir, wer ist Gott eigentlich, was ist Gott?"

„Wie bitte?"

„Was zeichnet Gott aus, was sind seine Attribute?"

„Attribute?"

„Merkmale."

Ein Sturm von Gedanken und Gefühlen wirbelte durch Bens Kopf. Was war hier passiert? Was sollte dieses Gespräch über Gott? Ich gehe jetzt, entschied er und blieb sitzen. Wie angekettet saß er auf der Bank und rührte sich nicht. Auf der anderen Seite schwebte das Kruzifix im Dämmerlicht. Zu Füßen des leidenden Erlösers kniete Maria Magdalena.

„Alles Gute ist im Wesen Gottes angelegt", sagte Ben schließlich. Da kam ihm etwas Merkwürdiges über die Lippen, etwas, das er sich nie hätte sagen können. Es war, als würde ein anderer aus ihm sprechen.

„Gott ist Liebe, Hoffnung, Vernunft, Unendlichkeit. Gott kann Wunder tun, der Macht Gottes sind keine Grenzen gesetzt, Gott ist die Vollendung der Natur und er ist Mensch geworden, um uns mit dem Vater zu versöhnen".

„Wunderbar", sagte der Abbé, „das sind die Eigenschaften Gottes, du sagst es. Gott ist ewig, allwissend, unsterblich, unendliche Vernunft, Quelle der Liebe und höchste Weisheit, er ist es zu jeder Zeit und für alle Zeiten, Vater, Sohn und Geist in seinem Wesen, Gott und Mensch zugleich." Die weiße Hand wies auf den gekreuzigten Christus. „Denn er allein hat den Tod überwunden."

Ben saß wie eine Wachspuppe da. Der Abbé fuhr fort:

„Und nun frage ich dich – gibt es auch nur eine einzige Eigenschaft Gottes, die dir missfällt?"

„Ich weiß nicht, nein, ich glaube nicht."

„Und wenn es auch nur einen Lebenden gäbe wie Ihn, Christus am Kreuz, der die göttlichen Eigenschaften hätte, sag mir, wäre dieser Mensch dann nicht ein Gott?"

„Ich ... ich verstehe nicht", stammelte Ben. „Ich weiß nicht, worauf Sie hinauswollen."

„Was der Mensch sich von Herzen wünscht, das hat Gott. Was der Mensch von Herzen begehrt, das ist Gott. Gott ist der leibhaftige Wunsch des Menschen. Aber nun sag mir, was ist ein Radsportgott?"

„Ein Radsportgott ... ja, aber das sagt man doch nur so", stotterte Ben. „Irgendwo sind wir doch auch nur Menschen."

„Auch nur Menschen", wiederholte der Abbé leise. „Nun, Radgott und Mensch, was unterscheidet dich von anderen, die keine Götter sind?"

„Ich weiß es nicht", antwortete Ben gereizt. „Ich bin schneller. Das ist es. Ich bin stärker und leidensfähiger."

„Das ist es wohl", seufzte der Abbé. „Schnelligkeit, Stärke und Leidensfähigkeit sind deine Attribute."

Für einen Moment war es still in der Kapelle. Dann sagte der Abbé:

„Stell dir vor, es gäbe auf der Erde ein Land, das noch nicht entdeckt worden ist. Niemand hat es je betreten, niemand hat es je gesehen. Und nun kommst du. Du siehst es, du betrittst es mit deinem Fuß, du erweiterst den Horizont der Menschen".

Der Abbé blickte auf den gekreuzigten Christus. „Nicht wie er, natürlich. Denn sonst wärst du ER, den Prädikaten seines Wesens nach: und mehr noch, du wärst IHM auch dem Subjekt nach gleich. Du und ER in einem Wesen unzertrennlich vereinigt. Verstehst du, was ich damit sagen will?"

„Ja, ich verstehe", log Ben und hoffte, auf diese Weise aus dem Gespräch zu entkommen.

„Du wirst es gleich verstehen", sagte der Abbé. „Es ist wahr, du bist der Gott des Radsports, in Gestalt und Maß wie Thor, der Herr des Donners, und wie Mars, der größte aller Krieger, und wie Poseidon, der Herr aller Meere. Du bist der

Herrscher des Radsports in dem Maße, in dem du als unverrückbar geltende Leistungsgrenzen überschritten hast. Indem du den Menschen gezeigt hast, dass ihre Grenzen für dich nicht gelten, hast du dich über sie erhoben.

Du bist in ihren Himmel aufgefahren, und als Inbegriff von Kraft und Schnelligkeit und Leidensfähigkeit in reinster Form erfüllst du ihren Glauben an den Menschen, an die Unendlichkeit seines Wesens, an seine absolute Freiheit und Unbegrenztheit. Denn alles Lebendige, also auch der Mensch, besitzt nur ein gewisses Maß an Kraft und Schnelligkeit und Leidensfähigkeit. Die Begrenztheit ist das Entscheidende. Jeder von uns hat von allem etwas, aber nicht unendlich viel.

Kraft und Schnelligkeit und Ausdauer sind subjektive Größen, begrenzt durch die objektiven Grenzen von Körper und Geist. Aber das Denken, das Wünschen und das Begehren sind frei von allen Begrenzungen, das Wünschen und das Wollen sind Kinder der unendlichen menschlichen Vorstellungskraft.

Indem du den Menschen zeigst, dass Unzulänglichkeit und Begrenztheit, also das Menschliche, das sie als einen Teil ihrer selbst begreifen, von dir, einem Menschen, außer Kraft gesetzt wird, indem du die Grenzen des Möglichen scheinbar nach Belieben zu setzen imstande bist, alte niederreißt und neue errichtest, zeigst du ihnen das Wesen unbegrenzter, also göttlicher Fähigkeiten. Das Wesen deines göttlichen Vermögens. Zugleich bist du ihnen Trost und Hoffnung, weil du im Sieg und in der Niederlage noch einer von ihnen bist, wesensgleich, Mensch, und doch die übermächtige Natur überwindend. Du bist die Verkörperung ihrer unsterblichen Sehnsucht nach Vollkommenheit, die leibhaftige Erfüllung ihrer Sehnsucht nach Auflösung und nach Vernichtung ihrer immer schmerzlich begrenzten Individualität.

Und wie der Mensch liebt, was sein Herz begehrt, so liebt er dich, den Wunscherfüller. Er liebt deine Kraft, deinen Willen, dein Leiden als Prinzip: als absolute Kraft, absoluten Willen, absolutes Leiden.

Ihre Illusion von deiner fleischgewordenen Absolutheit ist der wahre Grund, warum sie am Straßenrand stehen und schreien und hinter dir herlaufen, warum Männer sich vor Neid verzehren und Frauen deine Kinder gebären wollen. Alles Geld der Welt werden sie dir geben, solange du ihnen, den beschränkten Individuen, die Fähigkeiten der menschlichen Gattung in ihrer ganzen Fülle vorführst, solange du es immer wieder schaffst, die Schranken deiner und damit auch ihrer Individualität niederzureißen, und solange du ihnen zeigst, dass ihr Rückenwackeln beim Wassertragen, ihre knirschenden Knie und ihre rasselnden Lungen beim Treppensteigen in Wirklichkeit nichts bedeuten, dass sie Schall und Rauch sind angesichts dessen, was wirklich möglich ist, wenn, ja wenn der Mensch nur wirklich glaubt."

Ben stand der Mund offen. Es war ihm völlig unmöglich, auf diese Rede auch nur ein einziges Wort zu erwidern. Und der Abbé war noch nicht fertig:

„Wenn ihr Glauben hättet wie ein Senfkorn', heißt es bei Lukas, Kapitel 17, Vers 6, ‚dann würdet ihr zu diesem Maulbeerbaum sagen: Entwurzle dich und verpflanze dich ins Meer! Und er würde euch gehorchen.'

Das ist der Glaube, Ben Abraham, der Wunder wirkt! Und du bist ihr Wunderrat, der Erfüller ihrer Herzenswünsche, kurz, ihr Gott!"

Ben saß regungslos da. Der Abbé zog ihm den Boden unter den Füßen weg. Schließlich sagte er:

„Ich bin nicht Gott. Wie können Sie so etwas behaupten? Sie sind doch ein Mann der Kirche. Was Sie da sagen, ist Gotteslästerung."

„Ich habe nicht von der Kirche und nicht vom Wesen des Christentums gesprochen. Das haben andere getan. Gotteslästerung ... es ist nicht leicht, Einsicht in das Wesen der Dinge zu gewinnen, ohne die Widerstände der eigenen Seele überwunden zu haben. Nein, Lästern liegt mir fern. Im Gegenteil, ich will dich wirklich verstehen, ich will wissen, was in dir vorgeht."

„Aber wozu?", rief Ben empört. Ich habe Sie nicht gebeten, mir bei einem Erkenntnisprozess zu helfen."

„Nein, das hast du nicht. Und es steht dir natürlich frei zu gehen, wenn du nicht zuhören willst."

Ben blieb. Er hatte das Gefühl, dieser Provokation mit hartnäckigem Widerstand begegnen zu müssen. Denn das war er gewohnt. Er musste sich der Herausforderung stellen und kämpfen.

Und doch wusste er nichts zu sagen.

„Das religiöse Gefühl der Menschen ist keine Modeerscheinung, Ben. Es ist tief im Menschen verwurzelt. Es sucht nach Ausdruck, es will sich zeigen, es will wirken. Das Christentum hat die heidnischen Götter nur scheinbar besiegt. Zeus und Thor und Hera sind unter uns, heute wie vor zweitausend Jahren."

„Aber ein vernünftiger Mensch kann mit all dem nichts anfangen", protestierte Ben.

„Ein vernünftiger Mensch?" Der Abbé klang jetzt ein wenig müde.

„Wenn ein Athlet wie du von einem Tag auf den anderen plötzlich nicht mehr in der Lage wäre, die Grenzen seiner Leistungsfähigkeit zu überwinden, was glaubst du, was dann passieren würde?

„Dann wird er sich nicht mehr verbessern, sondern stagnieren."

„Und dann?"

„Er wird verlieren."

„Er wird verlieren, richtig. Und dann?"

„Ein anderer wird ..., er wird ..., dann wird ein anderer ..."

„So ist es. Und nun sag mir, was wäre, wenn alle nach den gleichen Regeln verfahren, mit den gleichen, von der Natur gegebenen Mitteln, in einem fairen Wettkampf gegeneinander antreten würden? Würde einer sich immer über die anderen erheben, die von der Natur errichteten Mauern immer wieder niederreißen, um immer neue Höchstleistungen zu erreichen?"

„Wahrscheinlich nicht."

„Und was würden die Zuschauer tun?"

„Sie wären enttäuscht ... sie wären gelangweilt ... sie würden sich abwenden. Es gäbe keinen Radsport mehr", sagte Ben.

„Nein, nicht ganz", sagte der Abbé, „der Radsport würde überleben, aber es wäre das Ende des Leistungssports heutiger Prägung, das Ende der Heiligenverehrung in Wissenschaft, Politik, Wirtschaft und Kultur. Es wäre das Ende jeder Heiligenverehrung."

„Das heißt also ..., dass die Art und Weise, wie heute Leistungssport betrieben wird, in Wirklichkeit auf dem religiösen Empfinden der Menschen beruht?"

„Auf dem angeborenen Hang zum Religiösen, der noch keine Dogmen kennt."

„Aber wenn dieser Hang zum Wesen des Menschen gehört, wie soll sich dann jemals etwas ändern?"

Der Abbé pfiff durch die Zähne. Ben nahm es als anerkennende Geste. „Solange es Menschen gibt, die anderen mit Jubel und Ekstase begegnen, Menschen, die bereit sind, einen anderen auf Kosten ihrer eigenen Möglichkeiten in den Himmel zu heben, wird es keine Gerechtigkeit geben."

„Sie werden versuchen, sich selbst zu übertreffen. Weil das Publikum es so will."

„Das ist nur die halbe Wahrheit", korrigierte der Abbé. „Wenn du vom Wollen sprichst, darfst du deinen eigenen Willen nicht verleugnen. Denn du willst ihr Gott sein. Du dürstest nach ihrem Beifall, nach ihrer Bewunderung, nach ihrer Ekstase."

„Von mir aus", sagte Ben trotzig. „Es ist ein ganz normaler und respektabler Wunsch, Beifall zu bekommen, Respekt und Anerkennung. Ich wüsste nicht, was daran göttlich sein sollte."

Die Worte des Abbés klangen wie ein Schwert, und doch waren sie freundlich: „Prüfe dich, Ben, denn du hast die Wahl. Zwischen dem, der du bist, und dem, der du sein kannst. Steig von deinem Thron, lege dein Zepter nieder. Werde Mensch unter Menschen! – Bist du bereit für die größte Tat deines Lebens?"

Plötzlich war Ben zum Weinen zumute. Etwas Schweres, Tieftrauriges stieg aus seinem Inneren auf. Ben lebte in einer brutalen, totalitären Welt. Einer Welt, die sich nur einem Ziel verschrieben hatte. Dem Sieg. Im Siegen lag das Leben, aber war es das richtige Leben? Was, wenn der Abbé Recht hatte, wenn all die Mühen auf Selbsttäuschung beruhten und die wahren Ziele seines Daseins, vielleicht des menschlichen Daseins überhaupt, unter einem Schleier verborgen waren, der nur darauf wartete, endlich gelüftet zu werden? Was, wenn es eine echte Alternative zu seinem Leben als Spitzensportler, als Alphatier, als Mann in Gelb gäbe?

Alles wäre anders, einfacher, irgendwie freundlicher und sicher auch weniger anstrengend. Vielleicht gab es diese andere Welt wirklich, in der Moral, Mitgefühl und Solidarität etwas galten. Es ist lange her, dachte Ben, dass ich zu solchen Gefühlen fähig war. War ich jemals dazu fähig? Vor der Niederlage am Nufenenpass vielleicht, meinem Lebenstrauma, das ich nie überwinden konnte? Bevor Mulligan auftauchte? Hat mich der Profiradsport zu dem gemacht, der ich bin, oder war ich schon immer so?

Ben wog das Amulett in der Hand. Es wog schwer. Er fragte sich, ob ein Leben in der freundlichen Welt für ihn möglich und wenn ja, ob es erstrebenswert war. Würde er wirklich in der Lage sein, sein Leben zu ändern, solange in seiner Seele kein Platz war für etwas Eigenes, für einen inneren Schatz, der wesenhaft unabhängig von anderen existieren konnte, etwas, das nur ihm gehörte, etwas ganz Individuelles, Begrenztes, Menschliches?

Ben schloss die Augen. Bilder aus der Kindheit stiegen auf, prägten den Augenblick und verschwanden wieder. Nur ein Eindruck blieb: der Moment seines ersten großen Sieges. Ben sah sich freudestrahlend auf dem handbemalten Siegerpodest aus Pappe stehen, das jeden Moment einzustürzen drohte, weil es durch den Regen aufgeweicht war. Er blickte in die leuchtenden Augen des kleinen blonden Jungen, dem er, selbst noch ein Kind, seine Initialen in die Hand gemalt hatte. Und er stellte sich vor, wie er in ferner Zukunft seinen Enkeln von seinen größten Triumphen erzählen würde. Was für ein schönes, wunderbares Bild, dachte Ben, so will ich es haben, so muss es sein!

Er öffnete die Augen. Es war spät geworden.

„Ich muss jetzt gehen", sagte er wie zu sich selbst. Ein leises Lächeln umspielte seine Lippen. Ben wusste, der andere würde ihn nicht hören. Der Abbé war nicht mehr da.

73

Polle hatte den Teamleiter über Bens Ausflug nach Grenoble informiert. Waitz' Augen funkelten, seine Stimme war gepresst. „Wenn er morgen nicht gewinnt, ist er am Ende. Weiß der Himmel, was er in dieser Wald- und Wiesenkapelle wollte. So etwas gibt es im ländlichen Frankreich an jeder Ecke."

„Irgendeinen Grund wird er schon gehabt haben", sagte Polle. „Vielleicht ist er sentimental geworden, hat sich in die Jungfrau Maria verliebt, da wäre er nicht der Erste." Er runzelte die Stirn. „Ich habe in dem verdammten Auto gesessen, bis mir der Arsch gebrannt hat, zwei volle Stunden habe ich gewartet. Dann kommt er endlich raus und sagt kein Wort. Ich hab nichts aus ihm rausbekommen, aber auch gar nichts. Aber wie der ausgesehen hat, das kann ich dir sagen." Polle pfiff durch die Zähne.

Waitz' Augenbrauen hoben sich. „Wie hat er denn ausgesehen?"

„Na ja, wie soll ich das sagen? Er war kaputt, aber nicht so wie nach einem Rennen. Irgendwie anders. Eher so, als wäre er zwei Stunden lang von drei Damen durchgenudelt worden."

Der Teamchef winkte verächtlich ab. „In einer Kapelle? Wer's glaubt, wird selig. Mehr hast du nicht?"

„Nein. Mehr habe ich nicht", sagte Polle. „Mal sehen, wie er morgen den Galibier hinaufkommt."

Als Polle gegangen war, ging Waitz in sein Zimmer und dachte nach. Wenn Abraham schlecht aussah, als er aus der Kirche kam, dann hat er vielleicht etwas eingenommen. Ich glaube, das ist es. Er hat etwas bekommen!

Waitz kramte nach seinem Handy. Er würde ein paar Leute losschicken, um die Kapelle zu durchsuchen. Sie würden sicher etwas finden.

„Jetzt krieg ich dich", lachte Waitz hämisch, und als er triumphierend das Zimmer verließ und den Flur hinunterging, traf er auf Ben. Seine Pupillen waren geweitet, seine Gesichtshaut gerötet, er sah aufgeregt aus. Das muss die Droge sein, dachte Waitz. Er wird auf Engelsflügeln den Berg hinauffliegen.

„Hey Ben", rief Waitz, „alles im grünen Bereich?"

„Nein", antwortete Ben, „nicht im grünen, aber im gelben, im gelben!"

74

Am frühen Abend erhielt Waitz einen Anruf von Lucien. Der Teamleiter zitterte vor Aufregung. „Hast du etwas gefunden?"

„Tut mir leid, Boss", sagte Lucien, „leider nichts wirklich Aufregendes. Charly und ich haben die Kirche auf den Kopf gestellt. Auf dem Gelände war auch nichts. Wir haben buchstäblich jeden Stein umgedreht, aber keine Spur von Drogen. Ich habe dann ein bisschen in der Nachbarschaft rumgefragt, das war ganz einfach. Die standen alle schon auf der Straße, haben sich wahrscheinlich gewundert, was wir da machen. Den Abraham haben sie gesehen, sagten sie, zweimal sogar, und der war ziemlich lange in der Kapelle. Ich fragte, ob sie nicht wissen wollten, was der Abraham da so lange gemacht habe, aber sie sagten, sie wollten nicht. Ich fragte, warum, und sie sagten, sie wollten erst wieder in die Kirche gehen, wenn der neue Abbé da sei. Der neue Abbé?, fragte ich.

Der alte sei vor einer Woche gestorben, sagten sie, die Beerdigung sei erst vor drei Tagen gewesen. Die Diözese bemühe sich um einen neuen, aber es könne noch dauern, bis er komme. Und dann bekreuzigten sie sich und fassten sich ans Herz. Möge deine Seele in Frieden ruhen, Abbé Clément, Gott sei dir gnädig, Abbé Clément, und so weiter. Ich hörte dem Geschwätz eine Weile zu und ging dann weg."

Waitz kratzte sich am Kopf. Lucien hörte das Kratzen durch das Telefon, er konnte förmlich hören, wie der Teamleiter nachdachte.

„Danke, Lucien, gute Arbeit", sagte Waitz schließlich und legte auf. Dann fiel ihm Bens Blutprobe von heute Morgen ein. Das Ergebnis müsste längst da sein. Wieder lag das Handy in seiner Hand.

75

Eine Stunde nach Mitternacht erreichten sie das Mannschaftsquartier. Ben war hundemüde, aber er fand keine Ruhe. Vielleicht hätte er Polle einweihen und von dem seltsamen Abbé erzählen sollen. Polle war unbeteiligt und machte immer einen etwas naiven Eindruck, wenn es um Dinge ging, die nicht unmittelbar mit Sport zu tun hatten, aber vielleicht war es gerade diese Naivität, die Ben jetzt fehlte, um Licht in das Dickicht seiner quälenden Ängste und Widersprüche zu bringen. Ben erinnerte sich an das Kind aus Andersens Märchen, das da steht und ausspricht, was alle wissen, aber aus Stolz und Feigheit nicht zu sagen wagen: „Aber er hat doch gar nichts an!

Könnte er doch die Welt mit den Augen dieses Kindes sehen!

Er hat doch nichts an? Doch, er hat etwas an! Und wenn

Lydia recht hätte? Ben glaubte, den Stoff auf der Zunge zu schmecken, und plötzlich war ihm, als wickelten sich unzählige Fasern um seine Zähne, als wucherten sie, quollen aus seinem Mund, umschlangen seinen Hals und richteten sich auf, um zur Decke zu streben. Ben warf den Kopf zurück. Sie strebten dem Galgen zu, der dort oben für ihn vorbereitet war. Er griff sich an den Hals und lief vor Angst verwirrt zum Spiegel.

Gott sei Dank, da war nichts. Kein Strick, kein Galgen, kein Henker, keine Kapuze ... aber wer ... welche Kapuze?

Plötzlich fiel ihm der Abbé ein. Wie seltsam, wie seltsam waren die Begegnungen mit diesem Mann. Der Mann hatte eine Botschaft, aber warum nur der Umweg über Gott und die Heiden und den Menschen und was war es sonst noch? Ben hatte bereits begonnen, die Erinnerung an diese Begegnung zu verdrängen. Er hatte begonnen zu vergessen, was ihn beunruhigt hatte. Das Vergessen fühlte sich gut an. Was würde ihm von diesem Erlebnis bleiben? Maria Magdalena und Christus im trüben Dämmerlicht der alten Kapelle, der süße Duft des Weihrauchs und die seltsamen Gespräche ... worüber hatten sie eigentlich gesprochen? Und der Abbé, dieser Abbé ... Was für ein merkwürdiger Mensch!

76

Der letzte Ruhetag dieser Tour wurde von allen Fahrern begrüßt. Die Teams waren angewiesen worden, sich bei Bedarf für Blut- und Urinproben zur Verfügung zu halten. Ansonsten stand der Tag zur freien Verfügung. Eine kleine Radtour in gemütlichem Tempo, um die Beine zu lockern, der eine oder andere Spaziergang in die maritime Umgebung, Schwimmen im Hotelpool und etwas Zeit für die Familie, das war heute angesagt. Auch Waitz begann den Tag ruhig. Nach dem Frühstück ging er ins Dorf, wo er mit Einheimischen ins Gespräch kam und mit Genugtuung feststellte, dass sein Französisch besser geworden war. Man konnte ihn gut verstehen, wenn er im Laden nach Obst oder einer Pastete fragte. Werbetafeln, Schilder und Plakate erschlossen sich ihm mühelos, und er war sich sicher, dass dies der geistigen Flexibilität zu verdanken war, die er sich in all den anstrengenden Jahren bewahrt hatte. Waitz blieb vor einer Vitrine stehen, in der Holzpuppen aus aller Welt ausgestellt waren. Eine davon saß auf einem gut gearbeiteten Drahtfahrrad und sah sehr lustig aus. Lustig und auch ... wie Ben Abraham. Da fiel ihm ein, dass das Ergebnis von Bens Bluttest noch ausstand! Waitz machte sich sofort auf den Rückweg. Im Mannschaftsquartier fand er Liebermann über einen Stapel Papiere gebeugt vor.

„Was gibt's Neues?" Der Arzt zuckte ratlos mit den Schultern.

„Nichts, wie mir scheint. Die Werte sind unauffällig."

In der Antwort des Teamleiters schwangen Enttäuschung und ein Hauch von Wut mit. „Er hat also nichts genommen?"

„Nein. Er hat nichts genommen. Jedenfalls nichts, was wir ihm nachweisen können."

„Aber er muss doch etwas bekommen haben! Wie will er sonst morgen den Galibier hochkommen?"

„Hast du sein Zimmer durchsuchen lassen?" Eine rhetorische Frage, denn Liebermann war sich sicher, dass Waitz es getan hatte. Doch der Teamchef nahm es persönlich. Es gab keinen Winkel und keine Nische, die er nicht schon mehrfach mikroskopisch hatte ausleuchten lassen. Waitz ärgerte sich so sehr über seine eigene Rede, dass er schließlich anfing zu schreien. Gott wurde verflucht und im Verein mit diesem verdammten Jungen die ganze Welt, und als das Toben und Schnauben endlich verstummt und die Tür krachend ins Schloss gefallen war, rang Liebermann nach Atem in der noch wutgeschwängerten Luft; wie zur Reinigung hielt er sie einen Augenblick in seinen Lungen, und mit dem leisen Pfeifen der Befreiung strich sie über seine Lippen und war für immer verschwunden.

Nach dem Frühstück zog sich Ben in sein Zimmer zurück. Sein Gehirn war zäh wie Winternebel. Er öffnete das Fenster und begrüßte die Morgenbrise mit einem hoffnungsvollen Blick, als hätte sie die Kraft, den Nebel zu vertreiben. Die Brise war zu schwach. Ben legte sich aufs Bett, döste eine Weile und schlief ein.

Um elf Uhr klingelte das Telefon. Es war die Dame vom Empfang.

„Herr Abraham", sagte sie, „wir haben ein Fax für Sie bekommen." Die Nachricht traf ihn wie ein Wespenstich, er sprang auf und stolperte barfuß in drei großen Sätzen die Treppe hinunter. Der Brief lag bereits auf dem Tresen. Die junge Frau machte Anstalten, die Ankunft des Papiers zu notieren, aber als sie den Kopf hob, war das Blatt schon verschwunden. Zurück im Zimmer las Ben.

Lieber Herr Abraham, lieber Freund!

Endlich ist es soweit. Die Krönung eines Königs steht unmittelbar bevor. Morgen ist ein großer Tag. Ich freue mich sehr, dass Sie gesund und munter sind, bereit, den letzten großen Schritt zu tun.

Nennen Sie es Schicksal, nennen Sie es Glück – die Götter des Radsports meinen es gut mit Ihnen!

Ich möchte, dass Sie heute Nachmittag um fünf vor drei mit Ihrem Rennrad zum Waldparkplatz Le Groc kommen. Le Groc liegt am Fuße des Mont Bacarel, hundert Meter vom Ortsausgang von Vélouse in Richtung L'Angars. Bitte seien Sie pünktlich.

Fahren Sie um 15 Uhr die Passstraße zum Mont Bacarel hinauf. Fahren Sie so schnell Sie können! Es sind 10,7 Kilometer mit einer durchschnittlichen Steigung von 7,9%. Schauen Sie auf die Uhr, bevor Sie losfahren. Um Punkt 15 Uhr geht es los, keine Sekunde früher! Zweihundert Meter vor der Passhöhe sehen Sie rechts das Gipfelkreuz. Es steht auf einer bemoosten Geröllhalde und ist nicht zu übersehen.

Am Kreuz treffen Sie mich. Alle Ihre Fragen werden beantwortet! Und denken Sie daran: Sie werden diesen Berg so schnell wie möglich erklimmen. Gegen die Uhr, gegen die Uhr!

Hochachtungsvoll
Ihr Conscientio Mores

PS: Machen Sie sich keine Sorgen wegen des Verkehrs. Ich habe Vorkehrungen getroffen.

77

Lydia ließ den BMW auf dem Parkplatz stehen. Selbst wenn sie es gewollt hätte, für die Fahrt zur Polizeiwache stand dieses Auto nicht zur Verfügung. Es war kein gewöhnliches Auto mehr, sondern ein Beweisstück. Natürlich hätte sie ein anderes Auto bekommen, aber sie hätte reden, argumentieren, sich erklären müssen. Das wollte sie nicht. Es war Zeit, reinen Tisch zu machen.

Eine Viertelstunde dauerte die Busfahrt. Um halb zwölf öffnete sich die Schwingtür zum Foyer des Polizeipräsidiums. Lydia fragte, ob der Dolmetscher schon da sei. Er war noch nicht da. Aber eine Aussage ohne Dolmetscher war sinnlos.

Also beschloss Lydia zu warten. Schließlich war Hilfe angefordert worden und es würde sicher noch jemand kommen. Doch es dauerte ewig.

Für Lydia vergingen gefühlte Tage und ihre Stimmung verschlechterte sich mit jeder Minute. Endlich, nach drei Stunden, betrat eine Frau mit Höckernase und Haifischzähnen den Warteraum. Was unter ihrem Hals zum Vorschein kam, ähnelte einem Walross, und Lydia, der Saft und Kekse angeboten wurden, zog es vor, die Lebensmittel schnell in Sicherheit zu bringen. Lydia fühlte sich erschöpft wie nach einem Marathonlauf, noch bevor sie ein Wort zu Protokoll gegeben hatte.

Der Waldparkplatz am Ortsausgang von Vélouse war auf der Karte eingezeichnet. Vom Teamquartier waren es zehn Kilometer, eine knappe halbe Stunde Fahrt in sehr gemütlichem Tempo. Ben verließ das Quartier um viertel vor zwei, denn er wollte nicht zu früh ankommen. Er hatte Johansson gebeten, die Rennmaschine bis 13.30 Uhr für eine kurze Ausfahrt startklar zu machen, was irgendwie auch klappte.

Ben kam in voller Rennmontur. Der Tag war sonnig und warm. Beste Bedingungen für eine Ausfahrt.

Ben verließ das Mannschaftsquartier in Richtung Westen und erreichte nach fünfhundert Metern den Ortsausgang. Neben der Landstraße verlief ein asphaltierter Radweg. Er fuhr westwärts am Ufer der Isère entlang, wo die rauen Hochgebirgstäler in die sanfte Hügellandschaft des Rhônetals übergingen. Nach einer halben Stunde machte er eine Kehrtwende und erreichte zehn Minuten vor drei den verabredeten Treffpunkt. Er stieg vom Rad und setzte sich auf einen Felsen im Schatten einer Buche. Die Uhr zeigte sieben Minuten vor drei.

78

Lucien hatte es nicht eilig, seinem Chef unter die Augen zu kommen. Ben war schon eine halbe Stunde unterwegs, Johansson hatte keine brauchbaren Informationen über seine Route geben können. Waitz würde toben, der Fehler war unverzeihlich, aber es war nichts zu machen, der Fisch war durchs Netz gegangen. Lucien hielt das Telefon in der Hand, seine Finger ruhten unbeweglich auf den Tasten. Am liebsten würde er gehen. Die Begegnung mit dem Despoten war zweifellos eine niederschmetternde Erfahrung, aber das richtige Maß an Demut, Reue und der unbedingte Wille zur Wiedergutmachung sollten den Schaden in Grenzen halten. Lucien fand Waitz in der Hotellounge, in die Lektüre einer französischen Tageszeitung vertieft.

Er machte die Sache kurz, und das Donnerwetter fiel weniger heftig aus als befürchtet. Waitz wusste sehr wohl, dass Wut und blinder Zorn das Urteilsvermögen erheblich beeinträchtigten, und zwar umso mehr, je mehr davon abhing.

„Abrahams Aufenthaltsort sofort ausfindig machen!", befahl er. „Umkreis abstecken. Überprüft die Nebenstraßen. Schickt alle raus, die wir haben, wir müssen ihn finden. Wenn ihr ihn habt, beobachtet ihn, stellt ihn auf keinen Fall, wartet auf weitere Anweisungen!"

Zwei Minuten später glühten die Telefondrähte. Um 14 Uhr verließen zehn Personen in fünf Autos den Hof des Mannschaftsquartiers.

Waitz war nicht dabei. Er blieb in seinem Zimmer und betete zu seinem Handy. „Klingel, klingel, verdammt noch mal, klingel endlich!" Eine Dreiviertelstunde verging. Das Telefon blieb stumm. Waitz hielt es nicht mehr aus. Er sprang in seinen Wagen und fuhr Richtung Westen.

Kommissar LeClerc hörte aufmerksam zu. Entgegen seiner Gewohnheit hatte er dieses Interview selbst in die Hand genommen. Was die junge Deutsche zu sagen hatte, war zu wichtig, um es Mitarbeitern zu überlassen. Nach LeClercs Gesichtsausdruck zu urteilen, schien sie ihre Sache recht gut zu machen. «Ah non, c'est incroyable», kommentierte der Kommissar mehrmals, «quelle surprise ... quel dommage, Monsieur Abraham, le plus grand rouleur du monde ... vous êtes absolument sûre, Madame?»

Lydia war sich sicher. Gewissenhaft und wahrheitsgetreu beantwortete sie die Fragen des Kommissars. Nach einer Viertelstunde beendete der Kommissar das Gespräch. Er entließ Lydia mit der guten Nachricht, dass das Kind – er wusste es selbst erst seit einer Stunde – aus dem Koma erwacht sei. Es werde überleben, die Chancen für eine vollständige Genesung stünden gut. Lydia war über alle Maßen erleichtert, sie weinte vor Glück. Als sie vor die Tür trat, herrschte auf der Wache hektische Betriebsamkeit. Die Verhaftung von Ben Abraham musste eingeleitet werden. Zwanzig Minuten später rollten die ersten Streifenwagen auf den Parkplatz des Mannschaftshotels. Ein Spezialist der Spurensicherung untersuchte die von Lydia beschriebene Stelle am Auto. Tatsächlich fand er Faserspuren, die vom Kleid des Kindes stammen könnten. Der BMW wurde beschlagnahmt und auf der Wache weiteren kriminaltechnischen Untersuchungen unterzogen.

Gegen 14.30 Uhr klopften zwei Polizisten an Bens Zimmertür. Keine Antwort. Das war an sich nicht verwunderlich, aber dass im Fahrerquartier niemand zu finden war, gab den Polizisten zu denken. Die Vögel waren ausgeflogen. Aber wohin?

Wenig später herrschte auf dem Hotelgelände ein heilloses Durcheinander. Drei Fahrer waren zurückgekommen und wurden sofort in Gewahrsam genommen. Die Athleten waren völlig perplex. Keine gewöhnliche Dopingkontrolle der

NADA, sondern offensichtlich eine Razzia, eine Neuauflage von Festina 1998!

Die Fahrer waren bleich vor Angst. Was, wenn sie doch etwas finden?

Ein Dolmetscher sorgte für Entspannung. Ben war der Gesuchte, um sie ging es nicht. Vorerst waren sie aus dem Schneider. Über den Verbleib ihres Top-Fahrers konnten sie keine Auskunft geben, aber die Abwesenheit der gesamten Teamleitung samt medizinischem und technischem Personal überraschte die Fahrer ebenso wie die Offiziellen. Die Mobiltelefone der Fahrer wurden sichergestellt und zur Auswertung der gespeicherten Daten an Spezialisten weitergeleitet.

Vier Handys klingelten fast gleichzeitig, darunter auch das von Waitz, der die Anweisung gegeben hatte, während der Suche nach Abraham keine unnötigen Telefonate zu führen, was gleichbedeutend war mit der Anweisung, auf keinen Fall Anrufe von „Unbekannt" entgegenzunehmen. Alle Versuche der französischen Polizei, mit Team Germatel telefonisch Kontakt aufzunehmen, blieben daher erfolglos. Um zehn nach drei gab LeClerc, der inzwischen auch die Leitung der Ermittlungen vor Ort übernommen hatte, nach kurzem Zögern den Befehl, sowohl Abrahams als auch Waitz' Handy orten zu lassen.

LeClerc hatte entschieden, dass die Frage der Rechtmäßigkeit eines solchen Eingriffs für ihn zweitrangig sei. Darüber sollten sich die Juristen den Kopf zerbrechen. Der Verdacht gegen Abraham war überwältigend und duldete keinen Aufschub. Der Mann musste gefunden und verhaftet werden. Was für ein Skandal!

Le Clerk wollte diesen Fall, die größte Sensation in der Region seit Jahren, unbedingt zu einem guten Ende bringen. Er war sich sicher, dass man ihn nach Paris holen und ihm einen hochdotierten Posten anbieten würde, einen herausragenden Posten in der Hauptstadt, den er, der nach zwanzig Jahren

Dienst unter dummen Schafen, fetten Kühen und stumpfsinnig dahinvegetierenden Bergeseln der öden Provinz längst überdrüssig war, mit großer Freude antreten wollte.

79

In einer Wendebucht hielt Waitz an und überprüfte sein Handy. Keine neuen Nachrichten. Offensichtlich hatten sie Ben noch nicht gefunden. Er rief seine Mitarbeiter nacheinander an, ließ sich die Koordinaten der bereits geprüften Strecken geben und trug sie in eine Straßenkarte ein. Er studierte die Beschaffenheit der noch nicht markierten Stellen und begann bald, einige davon auszuschließen: Straßen, die ins Nichts zu führen schienen, Sackgassen, unpassierbare Feldwege, die Autobahn und stark befahrene Schnellstraßen.

Dann klingelte das Telefon. Unbekannte Nummer. Unwichtig, dachte Waitz und legte den Hörer weg. Er vertiefte sich wieder in seine Aufzeichnungen. Da fiel ihm plötzlich eine kleine Ausfallstraße ohne Markierung auf, die sich in einem feinen, kaum sichtbaren Strich vom Ortsausgang von Vélouse in Richtung L'Angars schlängelte. Deutlich zu erkennen war jedoch das Netz von Serpentinen, das sich am Südhang des Mont Bacarel entlangzog.

War es möglich, dass Ben heute, am Ruhetag, am Berg trainierte, obwohl morgen die schwerste Etappe der gesamten Tour bevorstand?

Unwahrscheinlich, meinte Waitz, aber nicht unmöglich. Wem, wenn nicht Ben Abraham, würde man einen solchen Unsinn zutrauen? In Sekundenschnelle wuchs der Verdacht, nicht minder schnell wurde er zur Gewissheit.

Genau so würde Ben es machen! Er würde sich über jede Vernunft hinwegsetzen und das tun, womit niemand rechnete. Mit dieser Taktik war er schon weit gekommen. Er würde es wieder versuchen, zumal er seine Wunderdroge heute, unbedingt heute, anwenden und am Berg – wo sonst? – testen musste.

Waitz wies seine Leute an, so schnell wie möglich zum Waldparkplatz am Ortsausgang von Vélouse in Richtung L'Angars zu kommen.

Ben lenkte sein Fahrrad auf den Waldparkplatz Le Groc und schaute auf seine Armbanduhr. Noch drei Minuten und dreißig Sekunden. Zeit, sich startklar zu machen. Ein letzter Check der Reifen, des Radlagers, der Schaltung. Alles in Ordnung. Ben korrigiert den Sitz des Trikots, rückt den Einsatz der Rennhose zurecht. Er atmete tief durch, dann hatte er ein seltsames Gefühl. Irgendetwas stimmte nicht. Zuerst dachte er an einen Riss in der Einlage, doch dann registrierte er blitzartig ein Fragment, das, wie von einem Tachistoskop in Sekundenbruchteilen auf die Leinwand geworfen, aus dem Augenwinkel in Bens Vorbewusstsein drang. Ben blinzelte ins Licht. Ein unbeschreiblicher Alptraum überfiel ihn, und für einen Moment glaubte er zu sterben.

Ben rieb sich die Augen, aber es half nichts. Keine zwanzig Meter entfernt saß John Mulligan in voller Rennmontur auf seiner Maschine. Mulligan schaute abwechselnd auf die Uhr, den Hang hinauf und wieder auf die Uhr.

Mulligan und Ben würden sich messen. Mann gegen Mann, ein Kampf der Giganten sollte es werden, und nur dem Sieger würde die Wunderdroge gehören, nur dem Sieger die Triumphfahrt in Gelb über die Champs-Élysées.

Mulligan schob sein Rad zur imaginären Startlinie, wo Ben auf gleicher Höhe die Sekunden zählte.

Noch 45 Sekunden bis drei Uhr. Zwecklos, die Verfassung des Konkurrenten zu überprüfen, unmöglich, die Umstände dieser absurden Situation zu vertiefen. Noch dreißig Sekunden. Ben könnte sich einen Vorsprung verschaffen. Was würde Mulligan tun? Würde der Ire seinerseits versuchen, sich einen Vorteil zu verschaffen?

Die Antwort vibriert wie ein Echo zwischen Bens Schädelknochen. Nein, das wird er nicht tun. Wer zu früh startet, wird disqualifiziert. Diese Regel galt für beide. Wie unter Schüttelfrost zitterte Ben am ganzen Körper. Was für ein Horror! Wenn nur dieser Albtraum ein Ende hätte. Aber es war kein Traum, sondern die grausame, unerbittliche Realität. Noch zehn Sekunden, neun, acht ... ein letzter Blick zur Seite, die Realität ... Mulligan ist noch da ... drei, zwei, eins und los!

80

Waitz war der erste von Bens Verfolgern, der den Waldparkplatz erreichte. Wenige Minuten später hallten heisere Befehle durch den Wald. Zwei Autos wurden zur Nordseite des Mont Bacarel geschickt, mit dem Auftrag, am Fuße des Berges Stellung zu beziehen, falls Ben den Pass überqueren sollte.

Die restlichen Fahrzeuge fuhren in Richtung Gipfel. Auf Waitz' Befehl ging es nur langsam voran. Ben sollte sich in Sicherheit wiegen.

Mulligan setzte sofort ein Zeichen seiner Stärke. Er stürmte los, unmöglich, dieses Tempo über zehn Kilometer bei fast acht Prozent Steigung durchzuhalten. Ben versuchte sich am

Hinterrad festzuklammern und gab auf. Mein Tempo, mein Tempo! Ich darf nicht überdrehen. Lass ihn, dachte er, fünfzig Meter kann ich ihn ziehen lassen.

Mulligan bog scharf links in die zweite Kehre ein, und Ben verlor den Iren aus den Augen. Panisch erhöhte er die Trittfrequenz und spürte ein Stechen in der Brust, als hätte der Rhythmuswechsel eine Lanze durch sein Brustbein getrieben. Er machte ein paar Meter gut und hatte Mulligan wieder in Sichtweite. Tatsächlich war der Ire nicht weit weg, aber das Gelände war wegen der hohen Bäume sehr unübersichtlich. Warum hatte dieser Berg nie auf Bens Trainingsplan gestanden? Wenn Mulligan die Strecke kannte, wenn er wusste, wo die Rampen und Senken waren, dann war er im Vorteil. Wie ein Pilot im Cockpit seiner Maschine würde er den Rhythmus der Fahrt bestimmen, während Ben als blinder Passagier im Gepäckraum dahinvegetierte. Ben kämpfte sich tatsächlich bis auf wenige Meter an ihn heran. Vor ihm tauchte Spitzkehre vier aus dem Schatten der Latschen auf.

Kurz vor der Kurve sah sich Mulligan um. Die Blicke der Fahrer trafen sich, und dann sah Ben, wie sich sein Gegner mit scheinbar grenzenlosem Vertrauen in die eigene Kraft aufrichtete, höhnisch grinsend in die Pedale trat und wie aus der Pistole geschossen davonraste.

Gütiger Himmel, durchfuhr es Ben, der spielt mit mir Katz und Maus. „Ich kann nicht mehr, ich schaffe es nicht", flüsterte er, während seine Oberschenkel aus flüssigem Blei versuchten, diesen brutalen 90er Rhythmus zu treten, der ihn mit jeder Umdrehung vier Meter den Berg hinauf katapultierte.

„Wir haben sie!", schrie der junge Polizist ins Telefon. „Sie sind auf dem Mont Bacarel!" LeClerc war wie elektrisiert, als ihn die Nachricht erreichte. Mont Bacarel, Mont Bacarel, ging es durch die Reihen der Polizei, und schon rasten die

Polizeiwagen mit Blaulicht durch den Nachmittagsverkehr. LeClerc wusste, dass die beiden Geräte an verschiedenen Stellen des Mont Bacarel geortet worden waren. Abrahams Signal kam von weiter oben. Das konnte nur eines bedeuten. Abraham fuhr den Berg hinauf, Waitz und das Team folgten ihm in einigem Abstand. Offensichtlich eine Trainingsfahrt, aber ...

Etwas stimmte nicht. Zwischen Abrahams und Waitz' Signal lagen mehr als fünf Kilometer. Wie war das möglich? Normalerweise fuhr man bei Trainingsfahrten in Sichtweite hinter den Fahrern her. LeClerc erwog die Möglichkeit einer Fehlortung und verwarf sie wieder. Plötzlich überkam den Kommissar ein Gefühl der Vorfreude. Es roch nach einem saftigen Braten, der darauf wartete, verspeist zu werden.

„Wir sind bereit für das Dîner, meine Herren, machen Sie sich auf etwas gefasst!" So gut gelaunt ließ LeClerc die Kolonne in die Rue de Rivoli einbiegen, die bei starkem Verkehr die beste Alternative zur Ortsdurchfahrt war.

Waitz verlangte eine detaillierte Streckenbeschreibung. Es gab keine, das wusste Waitz, aber er hatte das Gefühl, Luft ablassen zu müssen, und so sagte er dies und das, zischte am Ende wahllos Befehle in sein Handy. Von Ben keine Spur. Waitz' einziger Trost war, dass Ben von nichts wusste. Waitz gab die Anweisung, das Tempo zu erhöhen. Irgendwo musste es doch eine Stelle geben, von der aus man das Gelände überblicken konnte. Er sprach mit den Kollegen auf der Nordseite des Berges.

„Wir sind noch nicht da", antworteten sie, worauf er wieder die Fassung verlor und seinen Leuten mit Entlassung drohte, wenn die Aktion nicht so klappe, wie sie verdammt noch mal klappen müsse.

„Waitz legt Ben die Schlinge um den Hals", sagte der Fahrer

des Nordwagens, als sein Kollege auf dem Beifahrersitz aufgelegt hatte. „Der Junge soll am Galgen baumeln, das meint der ernst!"

Abraham fuhr dreißig Meter hinter Mulligan her, das war eine halbe Welt. Aber wenigstens wurde Mulligans Vorsprung nicht größer. Das bedeutete, dass auch Mulligan das mörderische Tempo nicht bis ganz nach oben durchhalten konnte, aber er fuhr immer noch verdammt schnell.

Wenn er so weiterfährt, wird er irgendwann einbrechen, dachte Ben. Das schafft er nicht! Immer wieder beschwor Ben seine schmerzenden Beine mit der gleichen Zauberformel: Er schafft es einfach nicht! Und plötzlich strömte Luft in seine Lungen, die Muskeln entspannten sich etwas, und er spürte, wie es ein wenig leichter wurde, wie der Rhythmus seiner Beine wieder eine Einheit bildete mit dem Surren der Kette auf dem gut geölten Blatt. Langsam arbeitete sich Ben an Mulligan heran. Nach sechs Kilometern bergauf fuhren sie Rad an Rad.

Mulligan hatte natürlich gemerkt, dass Ben näher gekommen war. Er ließ den Deutschen aufschließen, sie fuhren eine Weile nebeneinander, dann stieg er wieder aus dem Sattel und nun schien es, als würde Ben endgültig stehen bleiben. Doch an der nächsten Rampe musste Mulligan das Tempo herausnehmen und Ben kam wieder heran. Nun fuhren sie endgültig nebeneinander, keiner sah den anderen an, dann ließ sich Ben zurückfallen, einen Meter nur, um sich wieder an Mulligans Hinterrad zu hängen.

Am Ortsausgang von Toulouse schaltete LeClerc die Sirenen aus. Es gab keinen Grund, die Verfolgten zu beunruhigen. Er wusste, dass die Nordroute unweit des Gipfels wegen Steinschlags gesperrt war und dass es an der Baumgrenze bei Kilometer acht eine Aussichtsplattform mit freiem Blick zum

Gipfel gab. Er befahl, mit mittlerer Geschwindigkeit dorthin zu fahren. In der Zwischenzeit fuhren Mulligan und Ben immer noch dicht beieinander. Die Bäume am Straßenrand wurden lichter und kleine Felder von Alpenrosen zwischen windgebeugten Latschen verrieten, dass die Baumgrenze näher rückte. Ben hatte kein Gefühl mehr für die zurückgelegte Strecke. Es mochten drei Kilometer sein, vielleicht hundert, vielleicht tausend. In seinem Kopf dröhnte der Lärm der Straßenbaumaschinen, seine Brust schrie heiser vor Schmerzen, seine Lunge fühlte sich an, als würde sie in Öl gebraten, und seine Beine krampften wie im Todeskampf. Die Erlebnisse der letzten Tage und Stunden verdichteten sich zu einem reißenden Strom innerer Bilder, die geheimnisvolle Botschaften zu senden schienen, die bruchstückhaft und unverstanden bis vor die Tore seiner Seele drangen, wo sie verzweifelt um Einlass baten.

Anstelle des Iren sah er plötzlich den Abbé neben sich auf dem Fahrrad sitzen und sich zu ihm beugen; dieselbe Kutte mit derselben Kapuze, die Kopf und Gesicht verhüllte; er sah die Füße des Abbé in Sandalen die Pedale treten und hörte ihn reden; er lauschte auf die leise Stimme, die von Gott und den Menschen und dem Sinn des Lebens sprach; er hörte sie und verstand, die Schleier lüfteten sich, endlich war es hell und licht um ihn herum, licht ... . . und da, da kam die nächste Spitzkehre, noch einmal um die Kurve, noch einmal um die Kurve, und dann ... der Abbé ... Mores!

„Wir sind auf halber Höhe am Nordhang und können nicht weiter. Der Weg ist gesperrt. Was sollen wir tun?"

Waitz bellte ins Telefon: „Bleibt, wo ihr seid, und rührt euch nicht von der Stelle. Wenn er kommt, schnappt ihn euch. Haltet ihn fest, bis ich da bin, verstanden?"

Der Abbé war plötzlich verschwunden, und Mulligans

Blick wurde giftig. Du verdammter Bastard, dachte Ben, du hast den Abbé vom Rad gestoßen. Du hast ihn umgebracht, du Mörder, warte, ich werd es dir zeigen. Wütend hob Ben den Kopf und sah, wie Mulligans Körper sich streckte. Ein letztes Aufbäumen vor dem Gipfelkreuz, das jetzt deutlich aus dem Fels ragte, das Kreuz der Wahrheit!

Und neben dem Kreuz eine hochgewachsene Gestalt mit einer Fackel in der Hand, gelbrote Flammen loderten himmelwärts. Das musste der Abbé sein! Aber nein, es war nicht der Abbé, es war Mores, Mores natürlich, Mores!

Noch eine Kurve, dann ein Kilometer flaches Land. Jetzt muss sich alles entscheiden. Ben löst sich von Mulligans Hinterrad und schiebt sich nach vorne, es ist ein Kampf um Millimeter. Vorne die Serpentine, noch eine Rampe und Mulligan, das Schwein, jetzt zieht er doch wieder davon, nein, sie sind wieder Kopf an Kopf. „Er darf nicht weiter, er darf nicht ... Ich muss gewinnen, ich muss gewinnen", so will es der wahnsinnige Meister in Bens Schädel, „ich brauche es, ich muss es haben!"

Die letzte Spitzkehre vor dem Gipfel geht nach rechts, links ein dreihundert Meter tiefer Abgrund, Ben nimmt mit blutenden Augen die Leitplanken wahr. Er verpasst dem Iren einen Tritt, fällt aus dessen Blickfeld, und taucht plötzlich vor Mulligans Vorderrad wieder auf, der nicht anders kann, als in die Schlucht auszuweichen. Stumme Panik in den Augen des Iren, und aus seinem erschrocken geöffneten Mund strömt der süßliche Hauch des Todes; denn Mulligan hat den Tritt wohl gespürt, er hat gespürt, wie er die Kontrolle verliert, wie er schlingernd in die brüchige Leitplanke kracht, die, weich wie ein Schwamm von Wind und Wetter, nicht den geringsten Widerstand leistet, ein Stück Holz, das es nicht mehr gibt.

Ein gellender Schrei hallt durch die kargen Felsen des

Mont Bacarel, drei, vier lange Sekunden lang, bis die Stimme des Iren für immer verstummt.

81

Bens Tritt bleibt kraftvoll und rund. Er schaut sich um und atmet erleichtert auf. Der Konkurrent ist aus dem Blickfeld verschwunden. Noch einmal schaut Ben sich um, dann huscht ein Lächeln über sein Gesicht. Mulligan kann ihn nicht mehr einholen, noch fünfhundert Meter, und er, Ben Abraham, hat gewonnen. Gelb, gelb, gelb, für immer gelb! Das Gelände wird flacher und Ben legt den Schalter um, um noch einmal Gas zu geben. Da spürt er einen Stich im linken Fuß. Er schaut an seinem Bein hinunter und sieht, dass er einen Schuh verloren hat. Die Pedalschrauben haben sich in die Fußsohle gebohrt, es blutet und tut weh, als hätte man den Fuß mit einer Holzfräse abgeschält. Wo ist der verdammte Schuh, denkt Ben, aber da kommt auch schon das Ziel in Sicht, das Kreuz und der Mann mit dem flackernden Siegesfeuer in der Hand. Ben fährt auf den Gipfel zu und hält wenige Meter hinter der Passhöhe an einem Schild: Mont Bacarel, 1719 m über dem Meer.

Ben steigt vom Rad. Dabei geben seine Beine nach. Er muss sich setzen.

Mulligan ist nicht mitgekommen. Der hat sich an der letzten Rampe kaputtgefahren, denkt Ben. Sieg auf der ganzen Linie! So etwas Schönes hat Ben noch nie erlebt. Es ist Zeit, die Ernte einzufahren, spürt er, die Krönung des Kaisers steht bevor, ich bin der Beste aller Zeiten.

Ben bekommt einen Lachanfall. Er hustet, spuckt aus, kichert wie ein Kind. In seinem Kopf tauchen die Bilder des Abbés auf, wie er in der Kirche sitzt und redet, vom Radsportgott und so. Das ist es, denkt Ben, das bin ich, das bin ich wirklich.

Ben humpelt querfeldein zum Gipfelkreuz. Er ist wie in Trance. Irgendwie sind der Moment des größten Triumphes und der Moment der vernichtendsten Niederlage identisch. Die Welt läuft auf einen winzigen Punkt zu, sie stirbt und wird wiedergeboren als Kulisse für den ultimativen Triumph, die ultimative Niederlage.

Waitz lässt das Auto anhalten. Auf der Straße liegt ein Radschuh. Er trägt die Aufschrift Ben Abraham 2009". Jetzt geht Waitz zu der Stelle, an der die Leitplanke gebrochen ist. Er beugt sich vor und schaut hinunter.

Sanft legt sich eine Hand auf seine Schulter. „Herr Waitz, alles in Ordnung?" Waitz dreht sich langsam um. Der Kommissar sieht müde aus.

Ben schaut auf den leidenden Christus am Kreuz. Aber er lächelt, sieht Ben und begreift, dass Gott einen Menschen opfern musste, um Gott für die Menschen zu sein. So war es gestern, so ist es heute und so wird es immer sein. Ben dreht sich um und sieht, dass niemand da ist.

„Mores", ruft er jetzt, „Conscientio Mores, wo sind Sie?" Aus der Ferne hört Ben das Echo seiner eigenen Stimme, aber die von Mores hört er nicht.

Ben berührt das Gipfelkreuz. Es fühlt sich rau und alt an. Weit und breit nichts als grauer Fels und Geröll. Mores ist nicht da. „Ich bin zu spät gekommen", bedauert Ben und schüttelt ein wenig ratlos den Kopf. Er sucht das Kreuz nach Rissen und kleinen Spalten ab, in die man eine Spritze stecken könnte. Nichts. Und zwischen den Steinen? Nur feuchte Erde und blasse grüne Schlieren.

Plötzlich werden die Augen groß. Hinter einem Felsen unterhalb des Kreuzes ragt eine weiße Hand hervor. Sie winkt Ben herbei. Fröhlich läuft er hin, erschrickt. Der Mann trägt einen Umhang mit Kapuze, es sieht aus wie eine Kutte ... welche Kutte? Ben schaut dem Mann ins Gesicht: Schulterlanges schwarzes Haar fällt über hohe Wangen. Unter kräftigen Brauen liegen freundliche braune Augen, ein schmaler Mund ruht in einem vollen Bart.

„Hallo Ben!"

Die Stimme ist leise und sanft, Ben weiß, dass er sie kennt, auch die weiße Hand, der Arm, der auf den Herrn am Kreuz weist. Ben hält sich den Kopf, drückt fest zu, es tut so weh. Das kann doch nicht sein! Nicht derselbe Mann, nicht derselbe Mann! Der Zwillingsbruder? Natürlich, es muss ein anderer sein!

Conscientio Mores` Lippen bewegen sich. Ben hört die Worte, leise und klar, aber er versteht sie nicht. Ben fragt nach der Droge. Conscientio Mores' Lächeln versiegt, aber seine Lippen bewegen sich weiter. Vielleicht die Klarstellung, dass es keinen Zwillingsbruder gibt, dass Mores und der Abbé ein und dieselbe Person sind, eine Person mit den zwei Gesichtern des Janus? Oder einfach nur die Frage, ob Ben die Droge wirklich noch brauche, nach allem, was passiert sei? Ben streckt den Arm aus. Mores` Hand greift in die Tasche seines Umhangs. Ben nimmt das Päckchen aus der offenen weißen Hand, schiebt es unter sein Trikot.

Dann huscht ein Lächeln über Bens Gesicht. Es ist das Lächeln der Erkenntnis. Schnell greift er in sein Trikot, zieht das Päckchen wieder heraus und legt es auf einen Stein zu Füßen des Heilands am Gipfelkreuz. Das brauche ich jetzt nicht mehr, weiß er und lacht, bis ihm die Tränen kommen. Mulligan ist weg, er kommt nicht wieder!

Ben humpelt zu seinem Fahrrad. Seine Hand fährt über den Sattel.

„Morgen hol ich mir das Gelbe zurück", flüstert er, und schon rollt er den Berg hinunter, fünfhundert, achthundert Meter, bis die Spitzkehre kommt. Jetzt aufpassen, bloß nicht zu schnell fahren...

„Morgen hol ich mir das Gelbe zurück, morgen hol ich es mir wieder!"